U0165604

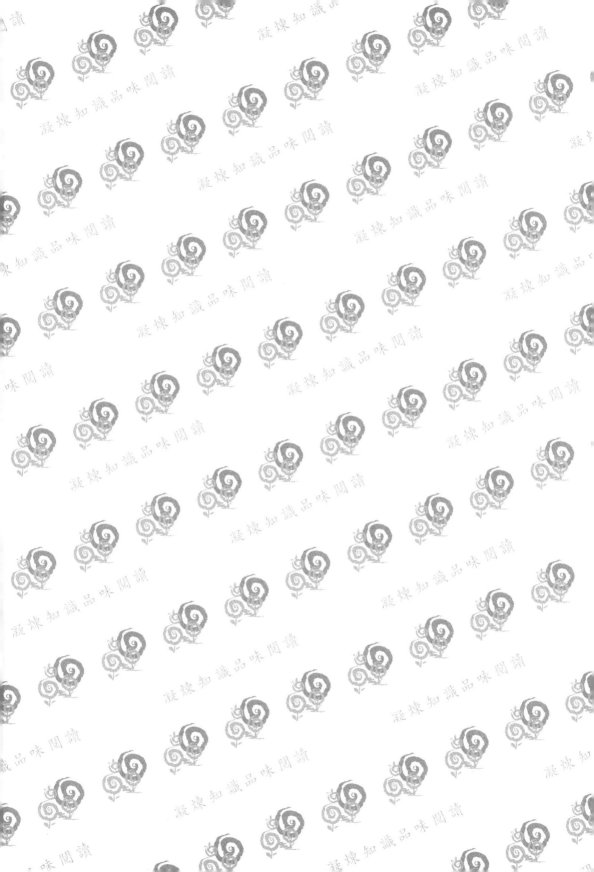

廖佳慧———著

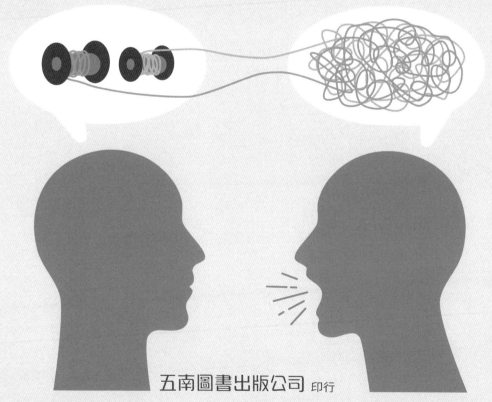

五南圖書出版公司 印行

序

　　孩提時期在阿公、阿嬤家待過一段時間，他們不注意的時候，我就偷偷跳著門檻玩。阿公、阿嬤家的門檻是石砌的，對小孩來說有些高也有些寬，可是莫名地很喜歡跨進去又踩出來，有時越不過，在門檻上或站或坐，思考該退後還是前進。屋內灶上有熱氣蒸騰的紅龜粿跟發糕，屋外竹林下有疊的像蒙古包的稻草堆。一個吃著玩，一個躺著放空，兩樣都是心頭好。屋裡屋外，哪邊是向前？哪邊是向後？有時瞬間可以決定，有時要磨蹭半天。

　　長大後，發現翻譯很像門檻，連結兩個時空，可以搭口譯飛機迅速往返，也可以坐筆譯渡輪悠遊來去。處於門檻上的譯者，好像同屬又不同屬兩處，但確實一直遙望著兩個國度，凝視著彼時與此刻。或許，還有未來。

　　樂趣是最好的師傅。讀書的時候，對翻譯生出了興趣，覺得好玩、有意思，慢慢體悟到口譯跟筆譯之間的同與不同，耐人尋味。開始工作後，教書或翻譯，遇過一些人、見過幾處風景，直到現在。再次提筆書寫一本與翻譯相關的書籍，因為樂意，也因為對知識的熱情。

　　這是一本進入口譯殿堂的入門書，寫給對口譯不熟悉，卻想一闖「譯」世界的人。如書名所示，「譯」音同「議」與「易」，本書化繁為簡，透過陳述與討論的方式，指引初學口譯的方向，藉時下實務議題與案例探討，簡單生動地介紹口譯概念與要領，讓有興趣的人入門一窺口譯的微妙風景。如果你從中獲得一些趣味與想法，這本書的任務便圓滿。

　　謝謝你剛好有興趣登門學「譯」。

廖佳慧

2023年8月

目 錄

序

第一篇　口譯這件事　　　　　　　　　　1

你想學的是口譯，還是外語？　　　　　3

基本功要勤練　　　　　　　　　　6

穿越專業穀倉　　　　　　　　　　10

譯者之名　　　　　　　　　　14

低調的口譯員　　　　　　　　　　15

口譯員也需要疼惜　　　　　　　　18

譯事三難：翻不出來、翻錯、翻笑話　　20

是「口」譯，不是「演」譯　　　　　23

第二篇　略說口譯史　　　　　　　　27

戰「譯」：口譯與兩次世界大戰　　　29

古早的口譯　　　　　　　　　　31

話說臺灣會議口譯發展階段　　　　35

第三篇　成爲專業口譯員之前　　37

　　想要成為口譯員……　　39

🌱 雙語能力　　40

　　母語能力（A語言）一定要好　　40

　　請注意，主要的口譯語言是「中文」　　43

　　外語能力（B語言）的持續精進─「反向口譯」

　　　　45

　　空有字彙，無法傳意─善用短音節動詞　　47

🌱 口條與臺風　　51

　　面對公眾說話　　51

　　靠聲音謀生　　52

　　填補詞與語言癌：然後……然後……

　　做一個！的動作　　54

　　被看vs.看人　　57

　　不急不躁高EQ　　60

　　沉住氣─內心奔騰，面上不顯　　63

🌱 喜歡學習　　64

　　好奇心與求知慾　　64

　　學不厭倦&探究精神　　66

第四篇 口譯課堂上　　71

🌿 同理他人　　73

　　我是對方，對方是我：第一人稱的使用　　73

　　我是對方，又不是對方：口譯時請冷靜　　75

　　演說不是只有講者　　77

　　你想過聽眾的感受嗎？　　79

　　KISS（短潔）原則　　81

　　誰懂「晶晶體」？　　82

🌿 跟上時事　　84

　　跟著時事脈動的口譯課　　84

　　觀察時事中的口譯活動　　86

🌿 口譯模式　　89

　　逐步口譯　　89

　　　　短逐步　　90

　　　　長逐步　　90

　　同步口譯　　91

　　　　有設備的同步口譯　　92

　　　　無設備的同步口譯　　94

　　耳語傳譯「搭檔」逐步口譯　　94

　　同逐步口譯　　95

　　視譯　　97

逐步口譯、同步口譯,各有挑戰　100

口譯訓練的網站資源　101

技巧學習　103

照相般的記憶:此去再無Kaminker!　103

記憶力　106

短期記憶　108

工作記憶　109

記憶訓練　111

視覺聯想　113

邏輯分析　116

長時間的閱讀是一種能耐　125

口譯筆記不是上課筆記　129

7項筆記原則　130

多圖少字　131

數字單位差距　132

怎麼記筆記?　134

多工處理作業　137

同語同步的跟讀訓練　140

基礎/進階/高階練習　141

阻力升級　144

視譯技巧是一門技術活　146

「提前看」vs.「當場看」　147

「見招拆招」的順譯　151

Salami斷句 152

文意填空訓練 155

圖表讀譯訓練 158

阻力升級 160

轉述策略 161

改述或換句話說 161

概述或大意 164

其他應對策略 167

轉換（化）／增補／簡化／省略 168

原聲重現 169

概括：翻大不翻小 171

口譯現場的觀摩學習—「冒牌」口譯員 172

會議口譯以外的口譯活動 174

情境模擬演練：公益慈善、市調座談、
面試彩妝 176

運動場上：水原一平 179

旅途當中：倫敦藍牌導覽員 180

節目轉／直播：播譯 182

第五篇　社區口譯 185

淺談社區口譯／公共服務口譯 187

不同的名稱 188

服務對象 190

語言與文化鴻溝：初來乍到的移民 191

不對等的溝通雙方：司法通譯員責任重大 192

維護弱勢的權益 194

同理心 196

他們不是「他們」，他們是「我們」 198

臺灣醫療口譯現況 200

醫病兩端之間的口譯員 201

醫療現場的「外星語」 204

情境模擬演練：COVID-19 206

口譯組織或團隊的援助 208

第六篇　科技與口譯─譯者的「滅絕」或「重生」？
211

數位盛世，何必學口譯？ 213

人機協作的時代 215

「工人」智慧─One Exception: Interpreters 218

第一篇
口譯這件事

你想學的是口譯，還是外語？

　　多年的中英口筆譯教學，從南部到中部，歷經不同學校，與不同體制的學生相處過後，發現在臺灣的口譯教學環境中，許多人將口譯當作英文學習的工具或手段，並非未來想當專業譯者。特別是近年，每逢開學週，總會有語言本科系以外的學生詢問可否加選或旁聽，問其緣由，常聽到的回答是「精進英語表達能力」、「改善英語聽力」或「口譯可以幫忙塑造專業感」。即使是本科系學生選課，也認為學口譯是為了讓英文的聽與說更進步，畢業後更好找工作。至今聽過最奇妙的回答是：「我以後考慮教書，覺得來觀課或許可以得到一些想法。」

　　學生修課的目的考量日後就業，期望透過口譯技能為自己「加值」。帶著這樣的期望，大多認為口譯課可以用來增進英語口語表達技巧、提升英語聽力理解能力，或是加強英文句構分析，對通過多益（TOEIC）或其他語言檢定考試應該很有幫助，增加職場競爭力。期末課程回饋上，也常見學生坦白寫道：「我以為好的口譯員只需要擁有大量的英文詞彙，甚至我本來用意是磨練自己的英文能力。」

　　可是，翻譯並不是只要掌握關鍵字彙，譯出來的句子便會自動正確的事情。有一次為某機關徵選飲食領域的口譯人員考試出題，其中一個中譯英對話的結尾是：「每個人的口味不同吧！只能說，我的蜜糖，你的毒藥。」承辦人員特別提醒要提供這句話的關鍵字，特別是「蜜糖」跟「毒藥」。但是，真的「對號入座」地對接單詞，語意就會跟著對接嗎？那麼，是「my honey is your poison」？還是「honey for me, poison for you」？有沒有其他跳脫字面、更靈活傳意的譯法？

　　再舉一例：近日（2023年3月）開學不久，課堂上以一個簡單的中文句子，傳達翻譯需要彈性的概念：「出國旅行時，我向來喜歡住XX（某飯店名）。」在意料之內，學生的譯文裡出現了「when」、「go/travel abroad」、「like/love」或「stay」等緊隨原文的字詞。這些都可

以，然而若不拘泥於中文構造，在英文的結構上發揮一點創意，英譯還有其他不同的選擇，像是重新塑形（recast）為「XX is always my first choice for overseas travel」，將源語換句話說，給予譯語新的外貌，但意思維持不便。

忍不住開始問學生：「你是想學口譯？還是你其實是想加強英語的口語表達能力？」這句話似乎很令人錯愕，拋出後，課堂瞬間鴉雀無聲，一張張茫然的神情懸浮空中，沉寂了好一會兒，像是不小心陷入了到底是想喝拿鐵還是卡布奇諾的天人交戰中。在那片靜默裡，極少數的幾張臉，嘴角偷偷拉扯著壞笑，彷彿了然於心的模樣。

許久後，終於有人勇敢舉起手，卻略顯遲疑地表示：「我沒有想過這問題，但好像……真的……需要回去好好想一想。」接著，班上開始發言，表達自己到底喜歡的、想要的是哪一個，或者兩者皆中意。通常可能會出現下列對話：

對話一：

「我想學的是口譯，口譯可以讓我的英語變好。」
「這樣啊！那你喜歡中文嗎？」
「不喜歡，我的中文不太行，最討厭文言文。」
「那需要將英文翻譯成中文的時候怎麼辦？」
「……」
四周一陣竊笑，群眾中困惑的臉，出現幾張「慘了！我也是！」的蹙眉樣。

對話二：

「我喜歡的應該是英文，我想把英文學得像母語人士那樣。」

「那要不要考慮去選修『英語口語訓練』或『英語溝通與表達』？」
「可是口譯很厲害，我想要像電視上的口譯哥一樣那麼強，每次看了都好熱血！」
「……」
四周一陣爆笑，好幾雙眼睛突然像黑暗中打開燈那樣「啪！」地亮了起來，散發著「我也是！我也是！好想做口譯！」的訊息。

對話三：

「請問……學口譯跟學英文……有什麼差別？」
四周一陣無言。

對於接受過多年學院式訓練的譯者來說，一定明白一件事：口譯是一連串複雜的決策（decision-making）過程，不是單純的兩種語言之間的技巧轉換而已。學好語言是譯者本分，也是從事口譯的前提。缺乏堅強的語言實力，無法取得進入口譯學習的門票。對未來考慮以口譯為職業的人來說，必定是對雙語（母語與外語）有極佳掌握後，才能更進一步地向譯者之路邁進。國內外的口譯研究所對入學申請者的托福（TOEFL）或雅思（IELTS）英語成績要求極高，便是這個道理。擁有「日本口譯界第一把交椅」美譽的長井鞠子（Mariko Nagai），在《口譯人生》裡直言不諱，對從事口譯工作的她而言，「英文是工具」：

> 進入大學後不久，我開始認為「英文是工具」。
> 我原本帶著「想學更多英文」的念頭……主修也
> 是語言科系。可是我漸漸發現自己真正想學的並

不是「說明in、on和at的差別」這種語言學式的
研究。①

踏上譯者之路的理想情況是，你的外語必須學得極好，好到到近乎外語
母語人士的程度，才適合接受專業的譯者訓練。換句話說，外語好，
特別是聽力理解，即源語輸入（input），只是成為口譯的基本條件而
已。是的，「基本而已」。

　　口譯課的重心是口譯訓練，非外語學習。誠然學習口譯可以提升
外語實力，但外語能力的進步是學習口譯的副產品，非主要目的。同樣
的，這本書的目的是介紹口譯知識、技巧、實踐與挑戰，而非如何透過
口譯學好一門外語，因此書中不會出現大量的英譯練習題或句型分析拆
解，自然也不會提供「標準答案」、「參考答案」或「範本」。同一位
譯者，面對同樣的段落（書面或口語），在不同的時間，或許前後僅距
數分鐘之遙，譯文都不會全然相同。甚至，譯者要有能力想出「形狀」
不一樣，但意義不變的譯文。

基本功要勤練

　　懂外語跟會口譯是兩件事，會一門外語不代表就能有效地傳達資
訊。口譯首重訊息傳遞（無論是單向或雙向），但要能精準掌握訊息
意義或是講者話中含意，挑戰恐比想像中大。口譯是一項涉及多工處
理（multi-tasking）的專業技能，需要另外學習。譯者的腦裡可能一秒
閃過數種考量，瞬息便要取捨。譯與不譯的選擇之間，都是決斷（deci-
sion-making）訓練。

---

① 長井鞠子：《口譯人生》，詹慕如譯（臺北：經濟新潮社，2016），頁
　　83-84。

　　然而社會普遍認為會外語就會翻譯。享譽國際的維也納大學口譯教授波赫克（Franz Pöchhacker）便提過，即使到了20世紀，口譯依然被視作是過於「平凡無奇」（commonplace, unspectacular）的活動，不值一提。[2]事實是，即使是雙語人士，也不見得能在兩種不同的語言之間切換自如。資深法庭通譯崔冰（M. Eta Trabing）女士（美國聯邦法院認證口譯員）曾撰文寫道：「通曉兩種語言不見得就能成為譯者，正如有兩隻手並不會自然成為鋼琴家。」（Having two languages does not make you a translator or interpreter any more than having two hands makes you a pianist.）[3]

　　崔冰認為說得好跟譯得好是兩件事：「能夠隨意選擇自己想用的詞語，說著一口流利的語言，是一回事；能夠準確使用別人選擇的文法、句構和詞語，並準確傳達別人表達的訊息和語氣，毫無失誤之餘，還要足夠流利，就完全是另一回事了。」[4]

　　許多人似乎以為只要擁有了雙語，口譯便會自動「出神入化」。有人確實是天生的口譯員，別人學來辛苦的事，於他們可能輕而易舉，無論是何種口譯模式的掌握，都像舉手之勞，口譯策略的駕馭也不費吹灰之力。然而多數譯者的「神乎其技」，相信是投注大量時間，忍耐許多枯燥與挫折換來的。只憑藉外語水準高，卻怠於口譯技巧的練習，不可能做好口譯。相信多數學生在學習口譯的路上可能都遇過瓶頸與挫折。我來揭自己的醜：

---

[2] Franz Pöchhacker, *Introducing Interpreting Studies*, 2nd edn (Oxon: Routledge, 2016), p. 28.

[3] M. Eta Trabing, 'Becoming a Translator: Looking Beyond Bilingualism', *Carolina Association of Translators & Interpreters (CATI)* (2018). Web.

[4] 同前註。

學生時期有次考試出了「意外」——生平第一次口譯不及格。爲了不久後的下一次測驗，與一位同學約定，倆人搭檔，課後留校練習，連週末都到學校碰面。我們各自準備講題，當對方的講者，演練結束後，再講評對方的口譯表現。放學回宿舍後，自己每晚固定練習舊題材，外加新錄下的演講。當時用的還是錄音帶，一面30分鐘長，強迫自己不能暫停，堅定地同步譯完30分鐘，非得拿出閱讀時幾個小時離不開書本的精神，無論如何都要堅持下去。同步口譯極耗心力，新舊題材各練習2次後，合計2小時，便常常累得精神恍惚，連嘴巴都麻麻的。然而人還是要清楚認知自己當時的處境，稍爲放空後，再繼續努力。一個人練習沒人給自己指出口譯問題，便拿另一臺錄音機同時錄音，練習完回放自評。自我評核的方式是建立口譯表現觀察日誌，記錄練習中出現的各種狀況，諸如：訊息是否精確、語速是否平均、譯文會不會顯得嘴碎囉嗦、聲音會不會聽起來刺耳、造成漏譯或誤譯的原因、同步不小心轉入逐步模式是受到什麼影響、哪個技巧的運用最不擅長、哪個技巧因過度使用而形成訊息密度低落、開口太慢必須多練習哪個技巧等等。那段時間的密集訓練其實很枯燥無趣，也有折磨心志的卡關時刻，但只能耐心以對，堅定地面對口譯弱點，逐一練習改進。

　　那次口譯考試上的挫折給自己兩個深切體悟：一、掌握語言能力不等於掌握口譯功力；二、基本功要勤練！勤練！勤練！認真以待，偷懶不得。不過，這裡要特別說明，一味盲目地「勤能補拙」是沒用的。只是累積練習時數，卻不得其門而入或走錯方向地拚命練習，最終可能徒勞一場。找出自己在口譯上的卡關之處，無論是透過自我觀察或向同輩與師長請教，再加上刻意練習，才真的能夠清除障礙，順利通關。此外，即使是舊題材的重複練習，一樣會在每回的練習裡發現大大小小的盲點或難題，需要不斷克服跨越。

　　口譯技巧是一門得之不易（hard-won）的專業知識。口譯員不僅要專精語言，更要專精技巧的運用，而專精奠基在深厚的基本功訓練。口譯員譯得輕鬆自如、毫不費力（effortless）的背後是深刻下過苦功的。經歷4任總統的資深中日口譯員蘇定東便提過，一名專業口譯員至少要累積10000小時的口譯經驗才能專精。[5] 在以專業口譯為職志的這條路上，譯者需要持續投入巨大的心力、承受許多的挫折跟壓力，一直堅持而刻意地練習（deliberate practice）。在冗長的訓練過程中，譯者制定計畫與策略，專注而有目的地練習，不斷挑戰前一日的成績，才終於換得口譯時的從容以對。

　　譯者的基本功練得好，並不必然保證日後定會成為了不起的口譯員，但若能持續不斷、紮實穩健地鍛鍊基本功，口譯過程遭遇難題時，相信會比較有自信和能耐去處理危機，不至於因突發狀況而不知所措地愣在當場，或是出現令人無地自容的失誤。無論用什麼方法，堅持是基本，但許多人往往最缺乏的便是堅持。或許越是基本，越是艱深吧！

---

[5] 蘇定東：《中日逐步口譯入門教室》（臺北：鴻儒堂，2009），頁71。

穿越專業穀倉

　　然而，不同的人學習口譯，自然都有著不同的動機，有人純粹出自興趣，抱著認識一門新知的心情踏進課堂；有人立志未來當口筆譯員，當作專業課程努力學習；有人覺得只要有助於工作保障，便值得投注時間與心力；有人以後想教書；有人認爲跨專業學習可以帶來新的視野，幫助自己勇於改變，創造新的想法。或許這也反映一個有趣的當代現象：對於學習，年輕世代與過去世代有著截然不同的看法。前輩們可能認爲上大學主要是爲了學習與探索，i 世代（i-Generation，1995-2012年間出生）則偏向實際考量，將職涯發展（career advancement）看做是接受大學教育的一個重要理由，且這態勢愈益明顯。⑥

　　每個世代的學生都有不同的思想樣貌。近年的課堂上，發現跨領域學習頗受年輕學生重視，越來越多學生傾向選擇雙主修，希望以後朝著斜槓發展。熟悉網路的他們擁有豐厚的自學資源，對職業有更多的創意與想像，想要藉由多重專業來體驗多元的人生與職場。

　　i 世代在成長過程中，面臨全球幾次金融風暴，許多人背負學貸和生活壓力，可能因此對工作抱持比較務實的態度。爲了日後在競爭的職場生存，他們看重個人學習需要，也看重學習的加值效果，懷著具體目的，傾向選擇對自身最有幫助的學習素材或方式。換句話說，過去學習口譯，可能是爲了從事與口譯相關的工作，但數位原住民世代的想法可能是，口譯專業與個人原本的專業結合後，產生的協同效應，可以爲職涯發展帶來挑戰與創新。何況，數位科技的快速發展確實爲翻譯帶來改變與挑戰（見〈科技與口譯〉章節）。

---

⑥ Jean M. Twenge, *iGen: Why Today's Super-Connected Kids Are Growing Up Less Rebellious, More Tolerant, Less Happy-And Completely Unprepared for Adulthood* (New York: Atria Books, 2017), pp. 173-174.

　　《穀倉效應》認為每個專業知識、社群網站、組織文化都像一座座的穀倉，明明彼此高度依存，但每個人都囿於自己的穀倉，各自獨立、疏於交流。如果缺乏跨穀倉的認識與溝通，每個人對其他穀倉一無所知，穀倉與穀倉的邊際不交會，便無法革新行為與思維，因為創新往往來自邊界摩擦之處，如書裡所提：「創新的關鍵是要挑戰既有界線。當一個人把不同領域的點子混在一起，往往能迸出創意。」⑦

　　近年參與一本時尚設計領域的書籍翻譯諮詢工作，長達一年的過程中，發現設計領域與翻譯（包含口譯與筆譯）領域的邊界在接觸碰撞的時候，會出現許多彼此未曾考慮過，或是「一方重視，另一方卻不在意」的情況，帶人走進充滿新鮮感的世界。那一年，設計穀倉與我的翻譯穀倉邊界重疊，給了我重新看待翻譯的新視野，同時也給學生的翻譯學習帶來新體驗。期末的時候，課堂裡一名設計學院的學生說：「我發現原來設計跟翻譯很像，道理是互通的。」學生可能想要表達的是，翻譯與設計之間是可以互相對話的。或許，這就是《穀倉效應》裡說的，不同的專業穀倉之間都需要有「文化譯者」遊走其中，向穀倉裡的人解釋外面的專業領域。⑧

　　缺乏跨專業的了解，彼此活在各自的結界裡，可能容易出現不解與誤解，也會少了一份尊重與同理。2019年，時任美國總統的川普（Donald Trump）與義大利總統馬塔雷拉（Sergio Mattarella）會面，白宮官方口譯員烏爾曼（Elisabetta Savigni Ullmann）坐在川普身後。她聽取訊息時的神情被媒體放大解讀為「錯愕、疑惑、嫌棄、嚇傻、震驚、

⑦ 吉蓮・邰蒂：《穀倉效應》，林力敏譯（臺北：三采，2016），頁249。

⑧ 同前註，頁301。

尷尬、驚恐、不知所措」等，口譯表現甚至遭戲謔爲「顏藝」。[9]然而烏爾曼早年在佛羅倫斯接受專業口譯訓練，自柯林頓時期開始，已歷經5位美國總統。她的口譯背景及高層級外交口譯經歷，均不太可能讓她透過表情，公然對講者的談話表示意見。如果仔細看完會談影片，不難發現烏爾曼似乎一直對講者的說話內容保持著「同樣感興趣的目光」（the same interested gaze）。[10]她可能只是非常專注地聆聽及口譯，忙著理解及翻譯複雜訊息時，慣常露出困惑神情罷了。[11]

　　何況，爲川普翻譯眞的不是一項簡單任務，即便是訓練有素、身經百戰的專業口譯員也難以招架。他帶給日本同步口譯界的苦惱與混亂甚至被寫成新聞報導。[12]川普的用詞雖然偏向口語、簡易，一句話裡也經常重複相同的字詞，看似不難翻譯，但他說話經常不按牌理出牌，邏輯跳躍，讓口譯員難以預測發言走向，必須時時緊跟語意，卻也總是迷

[9]　〈被「川普文」嚇傻！女翻譯員錯愕疑惑表情爆紅〉，《自由時報》，2019年10月18日。網路。

[10]　'Le espressioni della traduttrice italiana di Trump diventano virali: «Sei tutti noi» (The Expressions of Trump's Italian Translator Go Viral: "You Are All of Us")', *Open*, 17 October, 2019. Web.

[11]　Deborah Giustini, 'Confusion of Donald Trump's Italian Interpreter Goes Viral-Why Some Jobs Are Meant to Be Invisible', *The Conversation*, 22 October, 2019. Web.

[12]　Krys Suzuki, 'Trump Drives Team of Japanese Interpreters to the Edge', *Unseen Japan*, 15 October, 2020. Web; Lucy Pasha-Robinson, 'Japanese Interpreters Are Struggling to Translate Donald Trump', *The Independent*, 24 February, 2017. Web; Vidhi Doshi and Justin McCurry, 'Trump in Translation: President's Mangled Language Stumps Interpreters', *The Guardian*, 6 June, 2017. Web.

路。他對女性的無禮評論更讓女性譯者譯得極不自在。因爲他充滿濃厚個人特色的發言風格，「Trumpese」（川普體）或「Trumpism」（川普主義）等新字因應而生，「Lost in Trumplation」（迷失「川」譯裡）的社交媒體網站也因而創立，譯者之間甚至會交換意見，討論如何翻譯川普發言的策略。

再舉一例：2022年夏天，美國衆議院議長裴洛西（Nancy Pelosi）率團訪臺，隔日早上前往立法院拜訪，會晤過程安排兩位口譯員，媒體全程直播整場公開發言與口譯過程。轉播結束後，時間未過中午，第一則批評口譯表現的新聞於線上發布，隨後多家媒體跟進給予負評。然而媒體報導明顯偏頗，對於插話、打斷與笑聲等爭議放大評斷，至於傳譯的目的與訊息是否完整準確的整體表現，則未有討論。

媒體的造神，知名如「口譯哥」之例，經常讓一般大眾忘了譯者只是普通人。口譯員Elina Lee Lin分享感受，指出身爲雙方信差的口譯員總是先被提出來檢討，但口譯員沉穩的表象下其實也藏著焦慮與恐懼：

> 我2016年就開始正式接口譯工作了，已經這麼多年了，我幾乎每次上場前都得跑廁所，想辦法深呼吸以安撫快要從胸腔炸出來的心臟，有幾次在國外的政治類隨行活動是有媒體拍攝的，上場前我害怕到都快吐了，在台上手還一直發抖，翻完後不斷在腦海中回放每個錯誤，不斷的打擊自己，但又得馬上調整心態去下一個拜會場合，繼續當一個看似心如止水的口譯員，請大家多多疼惜我們。[13]

---

[13] 編輯中心：〈同行發聲！口譯員打斷裴洛西內幕曝〉，《今日新聞》，2022年8月4日。網路。

口譯工作如此吃力不討好，表現好是理所當然，不小心出現瑕疵或失誤，便遭受大力抨擊，不知道會不會讓原本對這行業有心的人望而卻步？如果口譯穀倉以外的人有機會多認識一下口譯員的工作與挑戰，會不會就少一些因不了解而出現的嘲諷？

譯者之名

不同的語言和文化之間要交流，一個普遍的管道便是透過翻譯，包含筆譯（translation）與口譯（interpreting）。前者由譯者在一段時間內翻譯書面文字（written texts）；後者由譯者在現場立刻口頭翻譯講者發言（utterances）。無論是筆譯或口譯，都需要譯者居於中間，讓訊息的傳遞或交流得以流動。筆譯工作有截稿的壓力，口譯工作則當場處於高壓下。

從事口譯工作的人，英文的職稱是「interpreter」（口譯員）。依《韋伯字典》釋義，「interpreter」除了指「為操持不同語言交談的人進行口語翻譯」（one who translates orally for parties conversing in different langauges），亦指「解釋或闡釋的人」（one who explains or expounds）。溯及拉丁語源「interpres」，「interpreter」還包含「中間人」（broker）與「協商者」（negotiator）之意。[14]

廣義來看，口譯的本質似乎不單只是說話（speak）與傳遞（transmit）資訊，視不同情境，譯者可能還必須協助單或雙方，向對方或彼此解釋（explain）與澄清（clarify）訊息，甚至可能涉及說服（persuade）與談判（negotiate）的任務。這樣看來，口譯像是一種人際溝通

---

[14] Charton T. Lewis and Charles Short, *A Latin Dictionary* (Oxford: Clarendon Press, 1879). Web.

策略，而譯者擔任語言中介（linguistic mediator）的角色，負責調解語言（to mediate languages），肩負跨語言、跨文化的單向訊息傳遞或雙向溝通調解的責任。

在臺灣，從事口譯工作的人稱為「口譯員」，並不是新聞媒體常在標題中使用的「口譯哥」或「口譯妹」。相信不少口譯員都曾被叫過「翻譯先生」或「翻譯小姐」，不知是否這樣的稱謂讓譯者覺得受到冒犯，或是大眾認為該給予翻譯這門古老的職業應得的認可與尊重，近年媒體出現「翻譯師」、「筆譯師」與「口譯師」的說法，彰顯譯者的價值與貢獻。稱謂的爭議背後，其實是譯者希望一己專業獲得認同與尊重的訴求，但無論是何種稱謂，任何行業都需要工作者不斷的努力與進步，持續展現專業素養，維持精湛的工作能力與敬業的工作態度，才能在各自的實戰場域上站穩腳跟，德藝雙馨。

低調的口譯員

不知是否因為媒體過度神化口譯員，不同於往昔，近年上口譯課的學生似乎對口譯員出現一種令人費解的想像，覺得站在鎂光燈前的譯者好搶眼，因而心生嚮往。可是，如果你是講者，你會希望精心準備的演說被譯者搶走風采？如果你是電影明星或運動選手的粉絲，你會希望看見譯者比偶像搶鏡？

為避免場合失焦，口譯員在職場上向來是低調的存在。他們站在聚光燈外，或隱身於口譯廂內，以自己轉換自如的雙語口譯能力，默默地協助因為語言障礙而需要翻譯服務的人。中日口譯員張克柔擁有豐富的明星見面會口譯經驗，強調要將焦點留給藝人，讓觀眾幾乎忘記口譯員的存在。報導如此介紹她放低自己的姿態：

爲了攝錄影需求，受訪者必須正面示人，記者會開始之前，張克柔通常會這麼提醒藝人：「你把我當siri就好！我會自己發出聲音，除非眞的很緊急，不然千萬不要看著我。還有，你開玩笑的時候要停一下讓我即時翻譯，讓現場的大家笑。」畢竟，口譯者與藝人同在舞台上，底下全是攝影機，如何做到妥適傳遞藝人答題的口氣與氛圍，又得維持低調，便是這份工作的專業。張克柔舉例，除非必要，她口譯時習慣不看受訪者，有時甚至低頭假裝寫筆記，就是爲了讓受訪者專心面對觀眾，記者也能拍到好畫面。另外，受訪者發言時，她也盡量避免被攝影機拍到臉，以免影響畫面的重心，「簡單來說就是要讓自己變背景。」[15]

國際會議口譯員協會（AIIC）副理事長，也是臺灣口譯界極知名的范家銘，曾擔任2020年蔡英文總統勝選國際記者會口譯員。他在一場訪談中提到，爲免新聞失焦，他主動要求轉播畫面避掉自己，座位安排也處於臺下，讓講者與他目光可以順利交流即可。范家銘說明口譯員避免張揚的職場倫理：

　　我之所以接下重任，正是因爲認同客戶不希望模糊焦點、尊重專業的理念。我們也都同意，口譯員就是秉持專業，協助活動順利進行即可，毋須

---

[15] 蔡雨辰：〈日文譯者張克柔：「好」的字幕翻譯，是讓觀眾忘記它的存在〉，《博客來OKAPI閱讀生活誌》，2018年7月20日。網路。

　　張揚宣傳。專業口譯員最重要的就是「職業道德」（能力是標配，就不多說），所以我們絕對不會主動把客戶的活動拿來當作行銷自己的工具……我與客戶的共識就是一切遵守合約內容與專業原則。我沒有想紅，也不需要任何曝光，但若媒體報導能讓大眾認識口譯專業，瞭解尊重專業的價值，那也是好事一件。[16]

　　大陸外交部翻譯官張京在「中美阿拉斯加會談」（2021）上擔任中方口譯員，當中連續16分鐘的口譯表現讓她瞬間占據媒體版面。據報導，張京很早成為公眾人物，卻「低調無比」，且在翻譯過程中會刻意收斂神情，維持專業。由於知名度讓她感到困擾，便決定刪除社交媒體上的動態；她在意「如何做好自己的本職工作，而不是將自己變得娛樂化」。[17]

　　在法庭通譯的情境裡，恐怕沒有任何一位口譯員想要高調聲張。一位認識的法庭通譯員說，由於經常進出移民署、海巡署、警局與法庭，職場上會接觸外籍偷渡客、嫌犯和受刑人，為了保護自身安全，工作時衣著向來樸素，工作結束後會刻意戴上帽子與口罩，避免由機構大門離去，盡量降低工作衍生的可能風險，如：遭受遷怒與報復。大概很少人會想到口譯員居然會有生命安危，但戰場上的口譯員更是如此。

　　紀錄片《口譯員大逃亡》（*The Interpreters*, 2018）描述的便是口譯員遭受追殺的真實事件。阿富汗與伊拉克打仗時，一群在地口譯員受僱

---

[16] NTU GPTI臺大翻譯碩士學位學程（臉書，2020年1月12日）：〈口譯觀摩：范家銘老師擔任蔡總統勝選國際記者會口譯〉。

[17] 〈外交部4大「翻譯女神」效力國家不簡單秒譯《離騷》最經典〉，《香港01》，2021年10月4日。網路。

於美軍，擔任當地人與外國軍隊之間的對話橋梁，受美軍庇護的同時，卻也被極端組織當作叛徒，在美軍撤離後，遭受嚴重的死亡威脅。英國廣播公司（BBC）也曾採訪11名為英軍工作過的口譯員，同樣飽受壓迫，被塔利班（Taliban，目前阿富汗的實際掌權者）視作叛徒，在英國以國安考量拒絕他們的移民申請後，擔憂會受到報復處死。[18]

2018年，美國總統川普（Donald Trump）與俄羅斯總統普亭（Vladimir Putin）閉門會談，在現場負責翻譯的國務院資深俄語口譯員葛洛思（Marina Gross）是唯一知悉密談內容的人，卻意外陷入川普與國會的政爭之中，國會一直想傳喚她出庭作證（subpoenaed），檢視她的口譯筆記。[19]這樣的境遇相信對誰都是一場無妄之災。

口譯員也需要疼惜

許多人以為口譯員無論遇上什麼樣的題材，都可以很快地以另一個語言翻譯出來。有些人認為只要每個字的對應詞彙都準備好，加上正確的文法，就能完美翻譯；有些人甚至覺得，如果還要提供領域知識的專業用語給口譯員，那又何必出錢聘僱？然而，有些術語或人名並非立即可譯，口譯員也不可能擅長每一個知識領域，因此他們會由衷感謝願意提供協助的講者。講者在幫助譯者的同時，就是在幫助自己，雙方一起

[18] Jack Hunter, '"They Will Hang Me": Afghan Interpreters Blocked by UK Seek Appeal', *BBC News*, 15 October, 2021. Web.

[19] Luis Martinez, 'Who Is Interpreter Marina Gross and Will Her Notes of Trump's Putin Meeting Be Useful?', *ABC News*, 21 January, 2019. Web;〈雙普密談什麼？全美僅她知道華府口譯圈震撼〉，《世界日報》，2018年7月21日，網路。

合作，讓談話訊息更完整精確地傳達給聽者。

　　其實口譯員也很希望自己擁有超強的記憶力（memory reten-tion）、超優的多工處理技巧（multi-tasking skills），最好還能精準預知（anticipation）講者接下來要說的話。可是譯者不是電影《露西》（Lucy）裡的史嘉莉・喬韓森（Scarlett Johansson），沒有神奇物質CPH4幫忙開發大腦，無法同時操作兩臺電腦、無法一念間無限存取資訊、無法一小時內學會一種語言，眼睛跟耳朵更無法即時翻譯接收到的圖像、文字和聲音。終究，口譯員不是露西；口譯員也需要協助。

　　口譯員面對必須格外小心謹慎的口譯任務，例如：極其講究遣詞用字以避免疑義，而且不允許模糊地帶的法律條文，即使事前已盡可能地做足準備，依然需要講者的體貼與配合。詹柏匀（中英會議口譯員）在一次涉及法條與公約口譯的工作裡，特別列出需要講者協助的事項，請司儀向與會者傳達「Help Me Help You」的希望，商請講者在引述法規內容時，提供手冊頁數，並放慢速度，或是改以口語解釋法條意義。他特別指出，「快速念過訊息密度高的法律內容，恐對於口譯造成極大挑戰（例如：中文「刑法沒收新制」一詞，英文可能要以 amendments to the Criminal Code provisions governing confiscation 或其他更細的說明翻譯）」。[20] 中文6字6個單音與英譯8字19個音節之間，存在3倍的懸殊差異，口譯員要在中進英時與講者一直保持同步，要念得快又要確定觀眾聽懂，確實困難。

　　只是，並非每個講者都知道如何與譯者一起工作，多數講者並無此經驗。在雙方缺乏默契的狀況下，彼此可能難以相互協作。出於各自的工作立場，有時候口譯員商請講者配合的注意事項，說不定會讓後者覺得不自在，認為此舉打亂自己已經設計好的談話內容與流程。

　　不過，相信多數的講者都願意同理口譯工作的難處，知道譯者的存在是為了幫忙他們傳遞訊息，同時讓他們聽到對談人或觀眾的聲音。

---

[20] 詹柏匀（Dragon Chan）（臉書，2022年8月31日）。

許多時候，講者可能只是不知道該如何與譯者合作，或是該如何提供協助。譯者提出書面說明或口頭請求，是在嘗試與講者溝通，如果講者也願意體諒、尊重譯者的考量及需求，即便是當場才建立的粗淺默契，應也可以有效順暢地協助講者傳達意念。

如果講者與譯者之間有一定的默契存在，對談話內容的傳達必然是加分。知名美國漢學家暨第三屆唐獎漢學獎得主宇文所安（Stephen Owen）於2019年應邀來臺，在中研院發表關於杜甫詩作的全英語演說。在演說結束與開放討論之間的空檔，主持人胡曉眞教授考慮在場有不少以「聽中文為主」的觀眾，怕他們「聽英文不習慣」，便主動在布幕上再次投射出講者的演說大綱，精簡扼要地以中文解釋演說重點，末了謙虛地詢問講者有無說錯，也向觀眾體貼地表達這是「小小服務」。在那短短5分鐘的中文簡述裡，曾是宇文所安學生的胡教授，因為清楚老師的思想脈絡，更加周全地向觀眾傳遞演說精華及講者風格，為整場演講增色。在沒有安排口譯服務的演講會場，主持人身兼口譯員角色，以「主旨口譯」（gist interpreting）的形式，言辭簡練、意思完備地轉譯談話意涵，體貼地權充講者及觀眾之間的便橋。

譯事三難：翻不出來、翻錯、翻笑話

譯者記要：任何人都無法翻譯理解不了的東西，
多說是錯，說錯便是劫難了。

學生在學習口譯的過程中，常問三個問題：一、「翻不出來怎麼辦？」二、「翻錯的時候怎麼辦？」三、「翻笑話怎麼翻？」無論是哪一個狀況，臨場做法或應對策略都要謹慎以對，因為任何做法都可能「福禍相倚」—有優點，也有風險。

對於第一個問題，如果是臨時譯不出某句話，可以暫做保留（hold the message），先繼續往下翻譯，避免自亂陣腳，等稍後確認了，再補上訊息。如果一直無法確認，或一直缺乏補足的時機，便寬心以待，保持從容。有時候，在允許提問的場合，可以直接向發言者詢問，請對方說明釐清。

如果翻不出來的問題出在譯者的聽譯能力、專業知識或背景資訊不足，那就努力提升技能；真不行，寧可閉上嘴巴，也嚴禁自創內容。口譯不能以「先求有再求好」（為了填滿空白，在聽見的隻言片語上胡亂衍生訊息）的心態看待。有時課堂上會碰上「信口胡說」功力深厚的學子，加上臺風從容，順暢的口說表現總讓臺上臺下聽得深感佩服，但亂翻就是亂翻。如果實在無計可施，練習靜默強過瞎編故事。

對於第二個問題的回答是：「翻錯就認錯。」誤譯有損信譽，是口譯員最不希望發生的狀況。然而口譯員並非無所不能，逐年累積的臨場反應與經驗也不見得每次都能即刻救援。外交部資深中日譯者蘇定東擁有25年以上的口譯經驗，都曾因誤譯被日媒報導，後經國內新聞轉載，讓自己在媒體上被「紮實修理了一頓」[21]。

口譯員長期接受的訓練，是培養如何在短時間內密集拆解訊息、組合意義，以及運用各種口譯技巧與問題解決的能力。他們沒有天生內建百科全書，更不是在學校花上數年時間，將天文地理知識逐條輸入人腦CPU（中央處理器），以供隨時存取。每承接一個口譯案子，必定投注大量時間與心力準備，從調查知識背景到熟悉行話表達不等，力求降低口譯過程中的失誤。

---

[21] 蘇定東：《中日逐步口譯入門教室》（臺北：鴻儒堂，2009），頁12。

然而，口譯現場向來意外迭出。在會議口譯的場合，單是講者脫稿就會產生口譯員難以預料的內容。天外飛來一句話，前後文邏輯彼此無關，相信任誰都難以瞬間傳譯，即使譯了，可能也無人（包含口譯員自己）能夠理解。觀眾的提問或評述更是五花八門，口譯員無法得知誰會說話，也沒辦法控制他們要說什麼。口譯員自己也會有對發言走向預測失準的時候。

　　例如：在法庭口譯的情境裡，訴訟現場臨時要求口譯的艱澀法條，若無法暫停給予口譯員時間消化，或商請律師加以解釋，口譯員恐怕也是束手無策。有時候，口譯員也可能因漏聽或當日狀況不佳而影響傳譯品質。種種預期內與預期外的發言皆有可能造成口譯失誤（包含漏譯、誤譯與口誤等），尤其在同步口譯的模式下，背景雜聲、無線傳輸或收音不良的技術問題，皆可能導致訊息接收不全而出現口譯破碎的情形。

　　面對錯誤，如果情況允許，口譯員當然要在第一時間更正，或找尋空檔（如：演講輪替提問時段的間隔）補正，這是專業表現與職業道德。國際會議口譯員協會（AIIC）在2022年最新修訂的《職業倫理規範》（AIIC Code of Professional Ethics）裡，便增加一條守則，說明如何處理口譯中的錯誤：「無論是出於不良收音或誤解所致，口譯員應盡力指出並立刻改正口譯中發生的任何錯誤。」然而，若自知誤譯，卻因故無法及時更正或稍後補救，口譯員也要有坦然面對錯誤存在的能耐，保持情緒平穩，避免一直糾結於失誤或意外插曲，影響接下來的口譯品質，造成「一子錯，滿盤皆落索」的狀況。

　　最後是幽默的翻譯。由笑話或雙關語衍生的幽默一直是譯者的難題，經常涉及「無法翻譯」（untranslatable）的議題。在逐步口譯中，譯者是第一時間聽到講者談話內容的人，有時講者穿插幽默，譯者或許忍不住笑了出來，透過麥克風，笑聲被放大到全場，一方面形成不必要的突兀感，另一方面也給予觀眾不必要的期待，以為稍後的口譯內容會

出現有趣的內容。萬一之後觀眾並無法理解笑點，不僅現場徒增尷尬，也可能讓觀眾質疑口譯員是否沒有譯出幽默之處。

那麼，如果是講者說笑話，自己先笑出來呢？觀眾自然期待稍後的口譯會讓他們一同歡樂。能順利譯出笑點，讓觀眾跟著樂，當然是最好不過；若不能也無須勉強，當機立斷切換成第三人稱，簡單告知觀眾：「講者剛剛開了一個關於……的笑話」，未嘗不是辦法。又或者，口譯員平常準備一些口袋笑料，臨場替換為本地笑話，創造類似的效／笑果，可能也是一種解決方式。只不過，聽在懂源語的觀眾耳裡，恐怕會引發不必要的「誤譯」聯想。

是「口」譯，不是「演」譯

通常在口譯課接近學期末，也就是學生對口譯有一些基本了解之後，他們常會問：「口譯的時候需不需要模仿講者？」確切地說，口譯員需不需要模仿講者的語氣、口吻、態度，還有使用的方言和語體？像是，如果講者生氣了，口譯員要不要跟著生氣地翻譯？這問題難以黑白定論，因為當中牽扯到觀眾的反應、現場呈現的結果、口譯種類與場合、不同的文化語境對衝突的規範或禁忌，以及譯者是否該介入溝通中產生的爭端等問題。

例如：在處理移民家暴案件的社區口譯裡，如果當事人雙方憤怒叫囂或痛哭失聲，口譯員也跟著如實炮製，那樣的畫面會不會顯得荒謬好笑？正在進行商業或勞資協商的雙方，因談判破裂而情緒失控，一方還拍了桌子表達憤怒，如果口譯員也跟著拍桌子，會不會讓場面更混亂、情勢更惡劣？在會譯口譯中，有些講者習慣頻繁地使用手勢輔助發言，口譯員的模仿會不會像在嘲笑講者？如果在地國的社會文化將公開的情感宣洩視為不宜（如：日本），源語講者的指責謾罵（如：川普）若實

際翻出，會不會讓在地國的民眾困惑不解，難以接受？但口譯員如果幫忙緩和語氣，在職業倫理上算不算越界？口譯員的職責是負責翻譯，還是協助調解？在以上的情境中，口譯想要促成溝通的目標會不會剛好適得其反？

　　許多專業口譯員思索過此問題。英日口譯員長井鞠子（Mariko Nagai）便提過，「如果講者泣不成聲地說話，口譯員也該同樣淚如雨下地譯出嗎？」但她認為這問題沒有標準答案。[22]國際會議口譯員協會（AIIC）副理事長范家銘曾於演講中分享親身經歷。有次他為臺北國際電腦展工作，司儀的英文帶著一口「加州少女腔」（Valley Girl accent），他認為如果為求口譯等效而硬要模仿司儀的口吻和語氣，恐怕「很奇怪」，況且隨即出場的講者是英特爾副總裁，場面會顯得「很詭異」。[23]

　　判斷口譯工作的輕重緩急可能有助於思考這個問題。口譯和大眾演說一樣，核心價值在於單方訊息的有效傳遞，或是雙向溝通的目標達成，所以譯者的腦力跟體力應該優先保留給口語上的訊息傳達，意即，訊息的準確度跟完整度才是當務之急。譯者畢竟不是演員，即使兩者之間可能有相似處，但口譯的多工處理（multi-tasking）已耗費大量心神，特別是同步口譯員在說話逼近30分鐘時便是能量負荷極限，需要由搭檔接手，若再加上過多的聲音與情緒損耗，恐怕過於為難譯者，而且觀眾在現場就看得見講者的神情與動作，不需要口譯員充當演員。正如已故日俄口譯員米原萬里（Mari Yonehara, 1950-2006）所言：

---

[22] 長井鞠子：《口譯人生》，詹慕如譯（臺北：經濟新潮社，2016），頁119。

[23] 《「翻譯考試與口譯實務」講座─專題演講：「口譯這條路：從生手到專家」（范家銘教授）》，語言訓練測驗中心LTTC，YouTube，2015年10月30日。網路。（見1:07:33～1:08:10處）

情緒部分已經在原發言者身上看過一次，即使不
口譯，當下已經傳達出來了。然而，請試試一直
使用身體語言看看吧。這絕對不是口譯。因為我
們不是在演戲。㉔

　　雖然口譯員不須要做到100%的聲情並茂，但除非是遇到像站在法
庭上口譯等特殊情境，聲音表情恐怕也不宜顯得完全置身事外的樣子。
口譯員可斟酌當下情境需求，依據直覺與經驗，決定最合宜的方式。中
英日口筆譯員蘇凌提醒譯者關注語氣：「講者道歉時譯者翻得有氣無
力，就無法讓聽眾感受到講者的歉意。」㉕長井鞠子也曾於書中寫道，
職場上年輕口譯員因以不當口吻或語氣翻譯，隨即遭受前輩責罵。其實
該名口譯員並未譯錯內容，但卻以輕佻的口氣傳達講者話語裡國家即將
淪陷的危機感。㉖口譯員當時的翻譯決定（translation decision）確實有
待商榷。

㉔ 米原萬里：《米原萬里的口譯現場》，張明敏譯（新北市：大家，
　　2016），頁242。
㉕ 陳毅龍：〈當翻譯輕鬆嗎？他們揭譯界人生的艱難秘辛：奧客委託人跟
　　「幫忙免費翻一下」的無賴親友〉，《風傳媒》，2019年7月11日。網
　　路。
㉖ 長井鞠子：《口譯人生》，詹慕如譯（臺北：經濟新潮社，2016），頁
　　118-120。

第二篇
略說口譯史

戰「譯」：口譯與兩次世界大戰

提到口譯史，總會提及兩次世界大戰。兩次戰爭牽扯全球多國，自然也連帶涉及多國語言。一戰（World War I, 1914-1918）至二戰（World War II, 1939-1945）之間的口譯模式主要為逐步口譯（consecutive interpreting），二戰之後，同步口譯（simultaneous interpreting）慢慢主導會議口譯的現場，直至今日。

一戰結束後的隔年，逐步口譯首次大規模地出現在國際會議場合。為了討論戰後和平事宜，三十餘國代表抵法出席巴黎和會（Paris Peace Conference）。在這個匯聚各國政要的大型外交會議上，自然需要安排語言服務（當時的工作語言以英、法、德語為主），方便與會人士聆聽發言與彼此交流。隨後聯合國前身—國際聯盟（League of Nations, 1920-1946）成立，二十餘年間舉行的大小會議，讓口譯需求日益增加。

二戰結束當年則將同步口譯帶到聚光燈下。針對納粹德國舉行的紐倫堡審判（Nuremberg Trials, 1945-1946），前所未見地使用四種語言：由美、英、法、蘇四國組成的審判和起訴團隊操持英、法、俄語三種語言，被告納粹戰犯則以德語發言。[1]如果照舊沿用逐步口譯模式，整個審理過程將因四種語言的不斷來回輪替而耗時耗力。再者，此國際軍事法庭有個明確任務，要求審判「公平迅速」（fair and expeditious），代表四語翻譯必須加速。[2]所幸在1920年代，美國商人費林（Edward

---

[1] David Bellos, *Is That a Fish in Your Ear? Translation and the Meaning of Everything* (New York: Farrar, Straus and Girrux, 2011), p. 259.

[2] Nina Porzucki, 'How the Nuremberg Trials Changed Interpretation Forever', *The World*, 29 September, 2014. Web.（報導中有提供當時同步口譯員的工作實況照片）

Filene）和英國工程師芬雷（Gordon Finley）參照電話機，共同研發出簡易的口譯系統（Filene-Finlay system）。[3]負責帶領翻譯團隊的杜斯多特上校（Col. Léon Dostert）引進這套設備，成功完成法庭上四語同步進行的司法口譯任務。[4]

　　1945年聯合國成立，明定6種工作語言，分別爲中、法、英、俄、西語，以及後來新增的阿拉伯語，多語環境的工作場合讓口譯活動和口譯員的能見度隨之提升。慢慢地，同步口譯廂也進入更多戰後成立的跨政府組織。二戰期間，全球第一間口譯學校─日內瓦口譯學院（l'École de interprètes de Genève, EIG；現爲日內瓦大學的口筆譯學院la Faculté de traduction et d'interprétation, FTI）也於1941年成立，爲聯合國和歐盟等國際組織培育許多口譯專業人才。

　　戰後，兩個國際翻譯協會的相繼創立──「國際會議口譯員協會」（1953, Association Internationale des Interprètes de Conférence, AIIC）和「國際譯者聯盟」（1953, Fédération Internationale des Traducteurs, FIT），以及爾後在全球各地設立的各種翻譯專業組織與工會，都讓口譯行業被更多人認識。

　　甫出版的《鋼索上的譯者》（2023）提及不少外交場域的口譯史事，值得有興趣的人一讀。

---

[3]　Cyril Flerov, 'On Comintern and Hush-a-Phone: Early History of Simultaneous Interpretation Equipment', *AIIC Webzine*, 30 October, 2013. Web.

[4]　Francesca Gaiba, *The Origins of Simultaneous Interpretation*: *The Nuremberg Trial* (Ottawa: University of Ottawa Press, 1998), p. 35.

古早的口譯

　　兩次大戰確實讓口譯活動進入一般大眾視野，但口譯並不是憑空出現。事實上，口譯是一項很古老的職業。古今中外，國與國、文化與文化之間的各種交流活動，自然需要口譯人員居中協助。早在古蘇美文明時期（約西元前4500年至西元前1900年左右）便出現口譯職業，研判在當時的社會中負責與外國貨運人員、勞工和朝聖者溝通協調。[5]在埃及出土的古文物中（約西元前3000年左右），也發現描繪口譯員工作過程的象形文字。[6]當時象島（Elephantine Island）位居埃及與鄰國邊界要塞，島上的王子通曉往來部落或酋族的語言，遂成為「譯員督察」（overseers of dragomans），掌管官方口譯行政。[7]從霍倫海布陵墓（Tomb of Horemheb）挖掘出的浮雕上（約西元前1400年左右），更加清楚見到口譯員周旋於法老與外國使節之間的身影。[8]顯而易見，口譯在古埃及時期已受到官方的制度化管理。

　　口譯歷經希臘羅馬時期，範疇繼續涵蓋商業貿易、軍事外交與宗教傳播，到了「大航海時代」（1400-1600），歐洲勢力積極拓展海權，隨著商業經濟的擴張，口譯除了跨國通商功能，同時也染上帝國殖民的色彩。不同於後來兩次世界大戰中的口譯員，多具備外交、軍事與學術背景，當時的譯者可說是「受害者」，為殖民者所奴役，並非自願擔任

---

[5]　Marzena Chrobak, 'For a Tin Ingot: The Archaeology of Oral Interpretation', *Przekładaniec. A Journal of Literary Translation*, Special Issue (2013): 87-101 (p. 2).

[6]　*Translators Through History,* ed. by Jean Delisle and Judith Woodsworth, rev edn (Amsterdam: Benjamins, 2012), pp. 246, 289.

[7]　Ibid, p. 266.

[8]　Ibid, pp. 1, 285.

文化中間人，而是被迫上工，例如：俘虜、外國囚犯、船難倖存者、年輕傳教士、歐洲來的駐軍，以及殖民者家中的在地奴隸與傭僕等，皆是殖民者眼中的好人選。殖民者甚至流行綁架美洲印第安人，將他們帶回自己的國家，強迫他們學習自己的語言，以便在日後的征途中充當口譯員。爲了防止俘虜逃跑，征服者還會連帶綁走他們的妻子，充當人質。⑨在暴力侵害的時局裡，統治者與口譯員之間的權力並不對等，口譯員顯然屬於低位階的一方，出自於懼怕「加害者」的高位階與權威，口譯活動本身成了情緒勒索下的產物，讓溝通充滿各種脅迫，且偏向單向傳遞訊息。

　　上述蠻橫粗暴的譯員招募方式，後來有了比較審愼的作法。17世紀初，法國殖民者尙普蘭（Samuel de Champlain, 1567-1635）在加拿大興建魁北克城。出於戰略與商業考量，他在當地創辦了駐地口譯員機構，派遣年輕的法國探險者到有貿易往來的印地安部落，與他們共同生活、作息一致，藉此習得印地安人的語言，並進一步了解他們的思考模式。這群駐村譯者成爲殖民者與本地居民之間的中介調解人（intermediaries），擔任多重角色，權充導遊、探險者、外交人員與商人。⑩此時的口譯員披上較爲文明的「文化譯者」外衣，成爲文化傳播的載體，與異文化交融協商時，懂得斟酌雙方的立場與觀點，於是溝通開始雙向流動。

　　現代的口譯員在古中國稱爲「舌人」，是春秋時期周王室設置的官名，通曉少數民族語言。⑪自夏商時期開始，口譯便一直肩負政治、外交與軍事的責任，更設有譯官職位，如《禮記・王制》篇所述：

---

⑨　Ibid, pp. 248, 261-65.

⑩　Ibid, pp. 262, 266-279.

⑪　俞鹿年：《中國官制大辭典》（香港：中華書局，2020），頁278-279。

中國戎夷，五方之民，皆有其性也，不可推移。
東方曰夷，被髮文身，有不火食者矣。南方曰
蠻，雕題交趾，有不火食者矣。西方曰戎，被髮
衣皮，有不粒食者矣。北方曰狄，衣羽毛穴居，
有不粒食者矣。中國、夷、蠻、戎、狄，皆有安
居、和味、宜服、利用、備器，五方之民，言語
不通，嗜欲不同。達其志，通其欲：東方曰寄，
南方曰象，西方曰狄鞮，北方曰譯。⑫

當時依據東南西北的地理區域，譯官分別有「寄、象、狄鞮、譯」等四
個不同稱呼，主要負責「達其志，通其欲」的跨語言、跨文化溝通。

每個朝代皆有不同的官職名稱，《唐六典》中便記載了「翻書譯
語」與「譯語」的職稱，前者的官員負責文書筆譯，後者則處理外交事
務口譯，負責接待外國來使，或是銜命出使他國。⑬唐朝是與周邊鄰國
或部落氏族往來頻繁的時代，譯語人員在涉外事務方面有著至關重要的
貢獻。

待佛教在漢朝開始傳入中土，西域與印度僧人口述經文，過程中
需要擔任「傳語」的人負責口譯，再記錄成文字，成為譯文草稿。⑭至
此，口譯多了宗教傳播的功能。

由蒙古人建立的元朝，政令發布以蒙語為主，負責翻譯的通事官會
先將口語內容逐字逐句地譯成漢文，有時來不及交由專家潤色，公文書

---

⑫ 《禮記・王制》，《中國哲學書電子化計劃》（2006-2023）。網路。
⑬ 《唐六典・尚書吏部》，《中國哲學書電子化計劃》（2006-2023）。
　網路。
⑭ 〈曹仕邦：譯場—中國古代翻譯佛經嚴謹方式〉，《國立臺灣大學佛教
　數位圖書館》。網路。

函的譯文讀起來便像是生硬的白話漢文。[15]明朝開國皇帝朱元璋（1328-1398）也以留下許多白話口諭聞名，豐富「語內翻譯」（intralingual translation/interpreting）的研究題材。平民出身的他不喜朝臣充滿文藝腔的行文遣詞，特別在《大明律》裡要求官員陳述事理要「直言簡易」，不准「虛飾繁文」。[16]朱元璋的命令讓口述和書面翻譯由前者主導，書函上的文字讀來像是口語轉錄稿。他自己便帶頭示範，聖旨像是經由即時語音轉文字軟體處理過一樣，念起來簡單直白，連語助詞都完全保留，幾乎就像是口語直譯，讓嚴肅的公文出現莫名的喜感：

> 說與戶部官知道，如今天下太平了也，止（只）是戶口不明白俚（哩）……我這大軍如今不出征了，都教去各州縣裏下著……百姓每（們）自躲避了的，依律要了罪過，拿來做（作）軍。欽此。[17]

明清社會引進大量國外的社會科學知識和文學作品，在書籍的中譯活動裡，口譯亦扮演關鍵角色。明末清初，林紓（1852-1924）翻譯了許多精彩的西方文學作品，但他其實不懂外文，因而必須仰賴友人從旁協助口頭譯書。[18]若無朋友幫忙選擇原文書籍及支援口譯，林紓恐怕無法在世界的文學翻譯史上留名。

---

[15] 馬伯庸：《顯微鏡下的大明》（臺北：高寶，2022），頁264。

[16] 同前註，頁263-265。

[17] 同前註，頁264。

[18] 蔡登山：〈蔡登山專文：林紓的幕後英雄—魏易〉，《風傳媒》，2019年12月20日。網路。

話說臺灣會議口譯發展階段

至於臺灣的會議口譯實務與專業，大約遲至1980年代才開始為一般大眾所認識。在一場翻譯講座裡，范家銘（國際會議口譯員協會副理事長）簡介了會議口譯行業的發展及重要代表人物。國際青商會時期是萌芽階段，當時臺大外文系出身的王麗莎為國際政壇名人（如：柴契爾夫人、戈巴契夫及柯林頓）口譯，她充滿個人色彩的翻譯風格提高口譯在媒體上的能見度。[19] 接下來是對口譯有興趣的自學者，先接觸實務工作，再學習理論知識，例如：譚重生。他曾擔任過旅遊領隊，有為旅客口譯的經驗，後考取「澳洲翻譯資格認證協會」（The National Accreditation Authority for Translators and Interpreters, NAATI）證書，主要活躍於香港及澳門，也包含中國大陸的外企市場，至今已累積40多年的口譯經驗。[20] 在下一個階段，中國生產力中心於1988年開辦「中英同步口譯人才培育研習班」，邀請擁有豐富工作經驗的口譯員開班授課，其中知名人物如黃勝美（1947-2017），因近身參與許多公私部門的重要會議，致力推動會議口譯的專業，為口譯員爭取較理想的工作條件。緊接著，口譯行業開啟了學院派訓練，1980年代中期，第一批口譯員在美國明德大學蒙特瑞國際學院（Middlebury Institute of International Studies at Monterey, MIIS）接受專業訓練，學成歸國後投身業界與學界。自1990年代開始至今，各大專院校紛紛開設口筆譯課程，或是成立翻譯或口筆譯研究所，為臺灣培養專業翻譯人才。[21]

---

[19] 余宜芳：〈王麗莎說得比做的容易〉，《遠見雜誌》，1998年4月5日。網路。

[20] 《【傳說中的口譯爺爺來了！】口譯爺爺見面會—譚重生老師給晚輩的一席話》，臺師大翻譯所NTNU GITI，YouTube，2019年5月31日。網路。

[21] 范家銘：〈臺灣會議口譯發展史〉，臺大翻譯碩士學位學程「醉月譯壇」：翻譯講座，Webex研討會，2022年9月8日（15:30～18:00）。網路。

第三篇
成為專業口譯員之前

想要成爲口譯員……

　　《口譯的理論與實踐》一書提及12項擔任口譯人員的條件，以下依類似性質調整爲10項，並稍加說明：(1)掌握雙語能力，特別是受委託任務的語言使用領域（domain）及語體（register），(2)熟稔每次任務的背景與專業領域知識，(3)強烈的求知慾，熱愛學習各種知識，(4)理解力強、反應快速，且善於分析推理，(5)良好的大眾演說技巧，有語言模仿天分是加分，(6)高度的專注力與抗壓力，(7)記憶力佳，(8)喜歡接受挑戰、與他人合作，(9)充足的雙文化修養，以及(10)敬業精神。[①]

　　《中日逐步口譯入門教室》則列出10項，依序爲：(1)精湛的雙語能力，(2)學識淵博，(3)短期記憶力超強，(4)能承受壓力，具有挑戰精神，(5)要有責任感及服務精神，(6)口齒清晰，(7)語言表現／演能力，(8)臨機應變的急智反應能力，(9)態度謙和，儀表端莊，以及(10)事前準備功夫。[②]

　　對於未來有心從事專業口譯工作的人，流利的雙語能力跟長時間的抗壓力是基本的口譯前提。口譯看重的是能力，不是興趣。語言能力不佳，無法發揮學到的口譯技巧，便無法即時採取口譯決策；挫折耐受力不足，一遇到瓶頸與障礙便失去自信，也很容易放棄口譯學習或生涯。尤其在數位時代，口譯員在媒體前的表現可能會被上傳網路，不斷受到觀眾的討論與檢視，上文提及的「裴洛西口譯事件」（見〈穿越專業穀倉〉章節）便是一例，口譯員似乎一有失誤或不盡理想的表現，便得承受連日的嘲笑與謾罵。

[①]　周兆祥、陳育沾：《口譯的理論與實踐》（臺北：商務，1995），頁46-59。

[②]　蘇定東：《中日逐步口譯入門教室》（臺北：鴻儒堂，2009），頁4-10。

　　爲了順應數位媒體時代，高情商（EQ）是口譯員重要的人格特質。儘管口譯員長年接受專業訓練，但也只是普通人，在口譯過程的每一個轉角，都可能遇到失誤時刻，而於時間壓力下擇定的策略與作法，也非一般人當下可以理解。口譯員面對外界指教時，若沒有強大的心理韌性（resilience），缺乏瞬間轉換思考的能力，恐怕只會沉浸在自己無法掌控的批評裡。何況，在螢幕後或現實生活中，總有一群人透過責罵他人來宣洩個人的不滿與憤怒。專業口譯員與其浪費時間自憐，不如堅持「保持冷靜向前行」（Keep Calm and Carry On）的精神，輕鬆以對，繼續提升自己。

　　除了以上這些看似嚴格繁瑣的要求，對口譯工作感興趣，想要進一步認識的人，或許可以先自問：是否已打造好雙語實力？是否具備良好的大眾演說技巧？接著再思考人格特質：自己是否擁有豐沛的好奇心與求知慾？是否喜歡閱讀且願意關注時事？是否樂於接受挑戰？

雙語能力

母語能力（A語言）一定要好

　　一個人自小到大操持某種語言，自然能以該語言應付一般日常、求學與工作場合中的溝通需求，但並不代表能夠完全掌握該語言在各種不同語境（context）與語域（domain）下的表達方式。可能因爲一個人懂母語是理所當然的，母語素養在譯者養成中便常受到輕忽；也可能因爲大學裡的口譯課經常由外國語文等相關科系開課，因此大家經常低估母語在譯者培訓過程中的分量。〈當翻譯輕鬆嗎？〉一文中提及：

外文好，是能當上譯者的第一條件，但也只是基本條件而已，因為翻譯涉及兩種語言的轉換，想翻得到位，除了外文程度要好，本國母語的造詣也不能太差。[3]

絕大多數時候，口譯課的工作語言訓練是「母語為主，外語為輔」。資深口筆譯員柯乃瑜直言不諱：「口譯和筆譯的主要工作內容就是把外語譯成自己的母語。」[4]印尼華僑陳德銘，本身擁有聯合國難民署及其他國際組織的豐富口譯經驗，在一場翻譯座談會上，亦特別強調母語對專業譯者的重要：「未來你就算到了國外，你的強項與優勢仍會是你的母語。」座談上的譯者也一致認為，母語是外語訓練的基礎，是從事翻譯的重要前提。[5]

由於「母語」一詞存在許多認定爭議與討論空間，下段說明便按照國際會議口譯員協會（AIIC）及英國口筆譯協會（ITI）的用法，以「A語言」（'A' language）或「第一語言」（first language）替代「母語」一詞。[6]

---

[3] 陳毅龍：〈當翻譯輕鬆嗎？他們揭譯界人生的艱難秘辛：奧客委託人跟「幫忙免費翻一下」的無賴親友〉，《風傳媒》，2019年7月11日。網路。

[4] 郭丹穎：〈翻譯專業被輕忽？資深口譯員：至少七成客戶會砍價！〉，《風傳媒》，2019年3月14日。網路。

[5] 蘇晨瑜：〈「譯」猶未盡《光華》翻譯座談〉，《台灣光華雜誌》，2021年2月。網路。

[6] 'ITI Code of Professional Conduct 29 October 2016', *Institute of Translation and Interpreting (ITI)* (2023), Web; 'The AIIC *A-B-C*', *International Association of Conference Interpreters (AIIC)* (2019). Web.

　　一般而言，譯者至少需要具備兩種「工作語言」（working languages）能力：「A語言」與「B語言」。前者指的是最熟悉、最擅長、最能夠掌握，亦是平常最主要使用的語言；後者是能夠流暢使用（perfectly fluent）或慣用的語言（language of habitual use）。在臺灣，多數譯者的語言組合（language pairs）應是中英或中日，兩者皆是譯者的「主動語言」（active language）。若譯者還懂得第二外語，如：法語，卻只能從法語譯成中文，但不擅長由中文譯成法語，那麼法語便是「C語言」或「被動語言」（passive language）。

　　史威爾斯（John Swales），目前擔任歐盟口譯總局（Directorate General for Interpretation, DG SCIC）英語口譯組負責人，在為口譯學生錄製的譯者培訓課程影片中，特別說明為何譯者對母語（mother tongue，此處保留史威爾斯的用字）的運用必須精通、嫻熟。他表示，口譯過程充滿壓力，口譯員必須在極短時間內分析一個語言的繁複訊息，其句構語法可能迥異於口譯員的母語。若譯入母語，口譯員可以專心處理話語訊息，避免犯下許多文法錯誤，或不小心語無倫次。因為對母語的掌握足夠，也能夠跟上語速快的講者。[7]

　　我們可以這樣理解，口譯重視「說」的本領，講究譯語輸出（output）的功夫。A語言造詣精深的譯者，在源語訊息輸入（input）後，能「自然而自如」（natural, effortless）地呈現譯文，不會只是文法正確而已。譯者工作的時候，必須在須臾之間選擇合適的字彙、使用精準的措辭，並視情況切換語體風格。因為口譯反應時間極短，譯入熟悉、慣用且日夜沉浸其中（full-time, total immersion）的A語言，最容易產出品質優良的譯文，且訊息精確、語感（native speaker intuition）自然。史威爾斯再三強調母語對譯者的重要，他認為「譯者能得到的最大恭維，

---

[7]　John Swales, 'How Important is the Mother Tongue?', *Streaming Service of the European Commission.* 26 February, 2014. Web.

就是獲讚譯文聽起來一點都不像是翻譯的。」（The greatest compliment you can pay an interpreter is to say that the output didn't sound like interpretation at all.）⑧

請注意，主要的口譯語言是「中文」

　　以臺灣的工作情境為例，譯者通常是聽外文、說中文。讀書時，學校規劃的中文課程分量頗重，一學期接著一學期，一路從《文選》、《詩經》、《楚辭》、唐詩宋詞、中國文學史、《史記》、四書、老莊哲學、《易經》、理則學、哲學概論，乃至中文修辭與演說等等。上中文修辭與演說的那學期，也必須上專業英語演說，前者甚至還比後者多一個學分的課。心裡不解，為何學英語的我們要上這麼多中文課，尤其是古文？進入口譯課程後，也常有疑問，如果臨時無法順利切換語體或風格，便善用各種學到的口譯技巧彌補，為何還要修習那麼多的中文課程？何況，不也有譯者認為，口譯技巧的一項原則就是，「不需要連文體都口譯，基本上都應該譯為現代國語」？⑨

　　在英文、中文、口譯、筆譯並行的學習下，卻慢慢發現有些想法、思維或審美概念，在中文的語境下更能或才能貼切表達。近日幫忙處理網路書店勞資糾紛的陳又新律師，在事件告一段落後，以李白詩句「事了拂衣去，深藏身與名」（見其2022年12月23日臉書貼文）表示委託解除，似乎也透過這短短10個字，含蓄表達過程中許多不足為外人道的心境與體悟。如果口譯員碰巧需要翻譯這句詩，必然需要基本的古文素養，才好更理解詩中深意。

---

⑧ 同前註。
⑨ 米原萬里：《米原萬里的口譯現場》（新北市：大家，2016），頁250。

　　即便在臺灣土生土長，並不代表一個人擁有良好的中文能力、文學涵養與文化經驗，亦不保證能夠內化語言背後的人文精華。試想，當你行經鄉間小路，兩側盡是一畦畦水田，突然天邊飛來幾隻白鷺鷥，橫過眼前，落在一片稻綠裡，有人想都不用想，記憶深處的詩句自然脫口而出：「漠漠水田飛白鷺」，而多數人可能會說：「哇！有好多白色的鳥飛過來耶！」語言承載一個文化的精神底蘊與美感特質，想學好一門外語，或是對翻譯有興趣，在那之前，要先能充分掌握自己的第一語言，具備一定的文化基礎，才有足夠的能耐，為操持外語的另一人代言發聲。

　　口譯現場常有難以預料的時刻出現，例如：口譯員很難知曉在一場外事口譯中，剛好具備漢學背景的外國講者，會不會突然提起某部南北朝文學作品？也很難預測，來臺訪問的美國商學院教授，會不會臨時在演講中安插幾句本土俗諺，向在地觀眾問候致意？而西方現代醫學專家會不會在研究發表中援引《本草綱目》藥方？外交部資深日文翻譯蘇定東口譯經驗豐富，就遭遇過高層發言中出現〈禮運大同篇〉和臺語俚語（如：攑香綴拜）的挑戰。[10]

　　有時候，譯者會碰上喜歡援引古文詩歌的中文講者，若缺乏理解古文的素養，不可能順利轉譯。除了平日的中文學養訓練，譯者還得仰賴事先的嚴謹準備，或是事後補上知識的功夫。大陸外交部高級翻譯張璐，曾因現場口譯古詩詞和成語的能力，在媒體上聲名大噪。外交背景出身的張璐，透露在2010年為時任總理的溫家寶口譯時，提前搜集了對方於2003年至2009年間回答記者問題的影音資料，整理他發言中出現過的所有古詩詞和成語。[11]

---

[10] 黃詩婷、胡克強：〈「拿香祭拜還拜相反」怎麼翻？當總統傳譯官這幾點要知道〉，《三立新聞網》，2015年9月7日。網路。

[11] 〈領導人的翻譯忙多帥哥美女純屬巧合〉，《搜狐新聞》，2014年12月25日。網路。

　　此處要特別澄清，並非譯者一定要閱讀文言古籍，但對各種背景知識擁有一定的儲備量是譯者本職。以語言文字維生的譯者，如果有一定的古文素養，一旦任務需要，至少知道如何快速辨識或查閱資料。譯者無法翻譯自己毫無頭緒的訊息，所以至少要能聽懂、能理解。

　　即使譯者可能只專心於某一特定知識領域的口譯工作，通俗流利的現代中文即足以應付工作場域，不見得需要展現高深的修辭功力，何況，觀眾並不是前來欣賞譯者的中文造詣，他們需要的是明白講者傳達的訊息。然而，譯者至少擁有選擇，可以依據講者的氣質和當下情境，在講者特質跟觀眾需求之間權衡，判斷如何在高語體或低語體之間轉換或調整，而不是因為缺乏足夠的A語言能力，只好將就自己唯一會的。

外語能力（B語言）的持續精進－「反向口譯」

　　當譯者的工作語言方向由A語言譯入B語言的時候，這時的口譯模式稱為「反向口譯」（retour interpreting）。「retour」慣以法語發音，[ʁətuːʁ]，有「回歸、回溯」（return）之意，表示口譯方向由習慣「說」的A語言（如：中文），反轉至習慣「聽」的B語言（如：英文）。在中英口譯的課堂上，鮮少以「反向口譯」或「倒轉口譯」來稱呼，通常只簡單以「中進英」或「中譯英」表示。

　　雖說國際慣例是譯者譯入自己擅長的A語言，但有些工作場合，例如：商務談判、展覽會場、警局訊問、醫療問診等，需要譯者為對話的兩方提供雙向口譯，因此會輪替使用A、B語言，不斷地來回口譯。而在國際事務領域的口譯裡，懂中文的英文母語人士向來缺乏，因此常由英語是B語言的中文口譯員進行「反向口譯」。

　　既然B語言是譯者的第二工作語言，譯者對這個第二主動語言，需要達到何種程度的理解和掌控呢？已退休的歐盟口譯總局（DG SCIC）

多國語言小組負責人杜宏（Claude Durand）指出幾項先決條件（pre-conditions）：表達流暢、文法正確（特別是句構）、咬字發音清晰、詞彙豐富，以及能夠區分不同語言風格的使用時機。[12]杜宏的幾項譯者B語言前提與雅思考試（IELTS）的口說要求，倒有異曲同工之妙：流利連貫（fluency and coherence）、詞彙多元（lexical resource）、文法精確（特別注重句構的多樣）（grammatical range and accuracy），以及發音正確清楚（pronunciation）。[13]

　　當中，充足的字彙量可能是許多人認為的譯者基本條件，但多少個字彙對譯者才算足夠？根據日俄同步口譯員米原萬里（Mari Yonehara, 1950-2006）的個人經驗，一場會議應記住的專業領域用語平均為40至50個左右。[14]若以全球通用語言（lingua franca）英文為例，學者申榮俊近年做了相關研究，提及英語母語人士的字彙量大約介於30000至50000之間，而非母語人士則需要8000字，方能與母語人士溝通無礙。他的團隊啟動大數據計畫，針對從不同來源搜索到的11億筆英文單字資料，進行使用頻率分析，接著觀察CNN首頁的新聞標題約50天，驗證出98%的單字都出現在這8000個字詞中。[15]

　　相信這數字應該低於許多人的想像。然而這裡必須澄清，提到這個研究並不是說譯者只需要記住這8000個關鍵單字，就足以進行英語口譯。語文能力當然得持續精進，但首先要堪用。這8000字或可當作口譯

---

[12] Claude Durand, 'Retour Interpretation-Basic Principles', *Streaming Service of the European Commission*, 26 February, 2014. Web.

[13] 'Understaning the IELTS Speaking Band Descriptors', *IDP IELTS-Taiwan* (2022). Web.

[14] 米原萬里：《米原萬里的口譯現場》，張明敏譯（新北市：大家，2016），頁74。

[15] 申榮俊：《英文大字彙》（新北市：語研學院，2017），頁1-9。

學習者的「求生包」（survival kit），是職場生存基礎，陪伴自己踏上口譯的冒險旅途。

打個比方，譯者的「求生包」就像是水電師傅腰間的收納袋，隨身掛著數樣常用工具，修繕時可以順手從腰間抽出想要的工具，即刻解決當下就能夠解決的問題。要是遇上較棘手的情況，一樣可以用手邊工具暫時應付，也許不盡理想，但可以先處理眼前難題。此外，水電師傅的車上通常會放置較大的工具箱，裡頭有更繁複精密的儀器，或是沒那麼常用的的工具，但如果通通披掛上陣，身體恐怕負荷過重，也無此必要。

對口譯學習者來說，「求生包」裡的關鍵字彙可以幫忙釐清一個問題：在自己的字彙庫裡，多少屬於被動字彙？多少歸在主動字彙？前者是聽到或讀到，便知其意，卻無法在第一時間說出來或寫出來；後者是講話或書寫時，不多想便從舌尖或筆尖流出。口譯員儲備的主動字彙多寡，是口譯能力表現的關鍵，也會影響口譯信心。

至於領域術語字彙，企業內口譯員（in-house interpreter）通常專心於某特定領域，工作時間久了，自然累積豐厚的領域詞彙，且熟稔於心、反應迅速。但自由約口譯員（freelance interpreter）接觸的主題種類繁多，人腦也非電腦，不可能也沒必要像背字典一樣，往腦裡拚命輸送單字，特別是專有名詞。需要時再記住，或是製作術語詞彙表（glossary）備用即可。

空有字彙，無法傳意－善用短音節動詞

一個人是否字彙背得越多，表達能力就越好？譯者的字彙量越龐大，是否就代表口譯水準越出色、越能夠精準傳遞講者的訊息，達到有效溝通？是不是一定要使用連母語人士都不見得常用的字詞，才是專業的展現？

　　記得剛接觸口譯時，認為譯者字彙一定要有「高級」的感覺，例如：「學問淵博」或「飽學之士」一定要譯成「erudite」，「寧靜安詳」要特別選擇「sedate」，「別緻精巧」要挑有法國風情的「bijou」，自以為這樣才能彰顯譯者的語言功力。可是，每每角色轉換成聽眾席裡的一員，總會忍不住思索：這些措辭表達是為了反映講者的說話風格嗎？譯者有考量到在場聽眾的理解能力與表達習慣嗎？未慮及聽眾需求的詞彙選擇會不會引發不必要的誤會？

　　並非所有英語溝通場合中的與會聽眾全是英語母語人士。如果英文語感不夠自然，會不會以英語為A語言的聽眾還要自己在腦裡再轉譯一次？萬一英語是聽眾的B語言，甚至是C語言，這在國際場合其實很常見，他們真的可以立刻知道「erudite」、「sedate」和「bijou」的意思？會不會簡單譯成「knowledgeable」、「calm and relaxing」和「small and attractive」，才不會阻礙多數聽眾的理解？譯者並非只為講者服務，在場更多的是觀眾。

　　而在司法與醫療口譯的情境中，譯者更是頻繁地在兩端殊異的語體風格中穿梭。對著習慣低語體的人使用高語體說話，先不論是否會讓對方反感，對方若無法理解，訊息轉譯便失敗。

　　譯者的工作不是要展示自己擁有高難度的用語。對譯者而言，豐沛的字彙當然重要，但更關鍵的是口譯當下，能否快速串聯字彙，且有效表達。畢竟，口譯具有「即時性」（immediacy）的特質，是為了「在此時、在此地」（here and now）協助那些希望跨越語言文化障礙的人相互交流。[16]

　　在「反向口譯」（以中進英為例）的過程中，有沒有什麼輔助資源可以協助傳達語意？我們先來試試以下幾個簡單例子：

---

[16] Franz Pöchhacker, *Introducing Interpreting Studies*, 2nd edn (Oxon: Routledge, 2016), p. 10.

時候不早了。

趕快穿衣服。

你打擾到我了。

我們彼此合不來。

記得在R15下車。

可以麻煩你幫我去市場買一點香菜嗎？

一株馬鈴薯苗可以收成5-10顆馬鈴薯。

上述7個句子，隨機寫下，互不相關。乍看之下，會直覺反應「穿衣」、「打擾」、「收成」或「買」都有不同的英文對應字彙，但其實上述每一個句子都可以用口語經常說到的「get」完成英譯。在找不到譯語或臨時想不起的時候，一些常見的短音節動詞或許能夠派上用場，幫忙減輕譯者的工作記憶負荷，也更貼近一般聽眾的日常說話習慣。

　　米原萬里（Mari Yonehara，日俄語口譯員）對動詞的使用提出自己的觀察：

> 一般而言，各種領域的用語其中，名詞與動詞的比例是九十九比一左右。換言之，不論是什麼場合的口譯，名詞大不相同，但動詞則幾乎不變。當然，不管是何種領域，只要能自由操控使用頻率高的有效的動詞，就是決定語言使用能力優異與否的先決條件。[17]

引文中「使用頻率高的有效的動詞」指的應該是具體、容易記住、常見

---

[17] 米原萬里：《米原萬里的口譯現場》，張明敏譯（新北市：大家，2016），頁75。

且常用的動詞。

　　歐盟口譯知識中心（Knowledge Centre on Interpretation, KCI）也提出類似看法。該中心於2021年在線上發布《The Retouriste's Compendium》（暫譯：反向口譯彙編），收錄100個常見的短音節動詞，短如1個音節的「go」，最長也只有「remember」和「understand」兩字，僅3個音節。這些萬用動詞方便上手，為口譯員與口譯學生提供實用的英譯資源。

　　口譯訓練講師厄普頓（Andy Upton）說明手冊的集結緣由——他觀察到學生雖擁有大量「非常高級且咬文嚼字的詞彙」（highly advanced, bookish vocabulary），卻難以用「自然簡單的英語」（natural, simple English）傳遞訊息，甚至可能認為使用入門級單字（如：take、make、do或go）有損專業口譯員的形象。厄普頓認為，與其記憶大量「新的、深奧冷僻的詞彙」（new, recondite vocabulary）」，何不深入了解英語句構中的「基本組件」（building blocks），如手冊中匯集的動詞，還有這些動詞延伸而出的片語和意義，藉以快速擴充詞彙。

　　在茫茫字海中，以簡單自然的英語完整傳達訊息、簡化複雜的訊息，是口譯員的重要生存技能。這些「基本組件」動詞就像是樂高積木一樣，在時間壓力下，讓口譯員毫不費力地（effortless）隨手拿起，堆疊創造出不同的口語和文字圖像，迅速組合出有效的訊息城堡，協助聽眾輕鬆理解講者想要傳遞的意思。這些積木就像是一艘艘小船，輕巧機動地穿梭在文字小島之間，載著譯者迅速抵達重點小島，擷取當下需要運用的訊息資源。

　　此外，培養自然語感也是譯者的努力方向。很多時候，中文聽來合理，但不代表英文聽起來沒問題。例如：「他覺得一盒巧克力不足以表示他的誠意」譯成「He felt that a box of chocolate couldn't express his sincerity」雖能聽懂，但英語不慣常說「express his sincerity」，比較貼合英文語感的自然表達可能是「He started feeling that a box of chocolate was not a sincere enough expression (of his love for someone)」。

　　每個人都有自己獨有的精進外語管道。有人堅決不在課本或筆記本上落下任何中文字，寧可多費力氣寫下外文解釋；有人刻意跟讀外國影視節目上的臺詞或對白，模仿每一個字的發音、每一個句子的抑揚頓挫、斷句和語速，感受外語的真實樣貌；有人善用網路科技之便，收聽B語言國家的即時廣播節目，讓自己全天候浸淫在外語聲道裡，彷彿與另一個世界的生活節奏同步（in sync），以求更深入、更真實地體驗語言的精細微妙和差異之處。畢竟語言時刻在變異，若非長期居住於該國度，可能很難掌握字裡行間中的細微差別（nuances）。

口條與臺風

面對公眾說話

　　口譯員養成包含大眾演說（public speaking）或是演說技巧（elocution）的訓練，特別是在實務工作上，口譯員可能也有身兼主持或司儀的時候。雖然目前在一些採用逐步口譯的會議上，因種種考量（像是避免失焦或臺上人多）讓口譯員坐在觀眾席的第一排，背對與會人士，低頭看著筆記口譯。然而，在很多大小場合上，還是會見到口譯員站在臺上，面對大眾，可能在舞臺的左邊或右邊，可能靠近講者身側或身後站著或坐著，譬如：記者會、訪問考察團、商會午晚宴、企業尾牙、頒獎典禮、電影映後訪談、明星見面會、產品發表會、跨國分店開幕、宗教布道會、退休儀式，以及各種民間與官方的公開交流活動等。有時候，講者與口譯員甚至會並肩而立，宛如雙人演說（duet presentation）一樣。

因此，口譯員不能怯場（stage fright），若有舞臺恐懼症，不是想辦法克服，就是乾脆放棄跟公開發言有關的口譯任務。許多人可能生性害羞、怕生，一接觸群眾目光，便心生畏懼，不管是中文或英文演說，不是緊張地語速飛快，就是忘詞。萬一出現失誤，便直接「當機」，腦袋一片空白。無論如何，想要從事口譯工作，就要具備面對大眾說話的能耐。澈底消除緊張的方法很簡單，就是讓自己習慣上臺，面對群眾說話，不斷、不斷、不斷地練習說話。練習多了，焦慮便少了；膽子大了，壓力便小了。

靠聲音謀生

口齒清晰是口譯員的基本口語條件，對發音、語調、重音、停頓和語速等，都要講究。口譯員力求發音（pronunciation）正確、吐字（enunciation）清楚，避免咬字發聲含糊不清，「ㄇㄟˊㄇㄟˊ」唸成「ㄅㄟˊㄅㄟˊ」，「skill」讀成「scale」，妨礙譯語訊息的傳達和理解。資深配音員王瑞芹曾表示，想將話說清楚可以透過「ㄓ、ㄔ、ㄕ」舌翹和「ㄗ、ㄘ、ㄙ」舌平的發音練習，讓自己「唇有力、舌靈活、齒咬緊」。[18] 中英譯者蔣希敏則分享，為了讓舌頭更靈活，她會練習中文與英文的繞口令。[19]

除了發音咬字要精準流暢，口譯員還可透過抑揚頓挫（inflection and cadence）的韻律變化、策略性的調節語速（避免頻繁地忽快忽慢）

---

[18] 卜彥之：〈知名配音員王瑞芹教你「用聲音提升好感度」〉，《中時新聞網》，2022年6月11日。網路。

[19] 蔣希敏：《來賓請入座：25堂英文口譯必修課》（臺北：捷徑文化，2012），頁64。

與技巧性的停頓（避免超過3秒），來加強訊息的傳達，同時讓口譯聽起來更自然。此外，口譯員常常要靠近麥克風說話，因此需要拿捏嘴巴靠近麥克風的距離（以一個拳頭為基準調整遠近），避免爆音，也需要練習控制換氣聲，避免吸吐聲過大，影響聽感。

　　語速（speech rate/speed of delivery）是另一個訓練重點。語速指的是每分鐘說話的字數（wpm）。大眾演說的平均語速，考量說話時會有停頓，中文大約介於100至120字中間，英文則落在130至150字左右。口譯員可以親自計算自己的語速，多說幾次，從中找出最適合的速度定速（pace）。尤其在同步口譯的模式中，無論源語講者的語速快或慢，口譯員往往會維持一個相對平穩（constant）且最適合（optimal）自己的語速（相較於以譯語演說的均速，口譯員的話速偏慢），即使源語講者加快語速，口譯員雖也會跟著加快，但增幅有限。[20]若講者語速加快或過快，口譯員可以選擇摘譯策略，繼續以穩當的速度口譯，有助於聽眾理解重點訊息。

　　如果是逐步口譯模式，口譯員可以在個人語速和一般大眾演說均速中間拿捏，衡量出一個足以讓觀眾聽得清楚明白，自己也感到自然的說話速度，節奏一致，避免時快時慢，影響觀眾聽的舒適感。語速過慢，觀眾容易感到無聊而失去專注力，說不定還會以為口譯員聽不懂才譯得慢。語速過快，觀眾難以消化訊息，也覺得有壓迫感。最重要的是，口譯員若語速快，難以自我監聽譯文，容易出現不自知的口誤。此外，如果口譯場合設在戶外，隔音與吸音條件不佳，考量環境中的各種雜噪聲響，以及喇叭擴音導致聲音模糊，語速必須放慢，降低回音干擾口譯。

　　再者，口譯時要抬頭說話。低頭講話時，發聲較為吃力，口譯員容易感到疲累。前文提過，有時主辦單位會安排口譯員坐在觀眾席第一

---

[20] Ghelly V. Chernov, *Inference and Anticipation in Simultaneous Interpreting* (Amsterdam: John Benjamins, 2004), p. 17.

排，面對講者，背對觀眾。口譯員可能因為不用看著大眾，便一直低頭看著筆記口譯。有時在媒體上也會看到，口譯員即使面對觀眾，一樣拿著麥克風頭也不抬地說話。這樣子的發音方式，加上COVID-19疫情期間一直戴著口罩，觀眾聽在耳朵裡有種悶悶的閉塞感，一段時間聽下後，並不舒服。

若想要調整口條或聲音表情，當下獲得他人（通常是同儕、前輩或師長）的回饋，或與對方討論修正方式，最見效果。但多數時候，口譯學習者可能得學會自評，透過錄音、錄影與事後回放，監聽或觀看自己的口語表現，從中摸索改善之道。

聲音表情要平穩，或維持恆定節奏，可以刻意訓練。多數人情緒一波動，聲情和語速自然跟著起伏。若因工作緣故，自覺需要改善，或許可以試試騎自行車後開口說話的方法。踩踏自行車，騎上一段路之後，會感受到心跳加速，下車後，便一邊感受心臟快速跳動，一邊刻意調節呼吸、語速、節奏與聲量，盡量「定速」說話。練習多了，自然會發現，即使心臟因激動、興奮或緊張而加快，至少嘴上不顯。

此外，平時不妨保持「朗讀」（read aloud）和「預讀」（read ahead）的習慣，還能連帶練習如何運用「決策」（decision-making）。口譯員以聲音組織語意，以嘴巴表現文意的連貫與停頓。同時，透過眼睛提前掃視文章，決定適合當下情境與聽者需求的讀法，一邊判斷何時該拆字或斷句、哪些字詞是必須凸顯的關鍵，一邊衡量什麼樣的念法可能會對聽者造成何種影響，以及「念完沒有懂」的問題何在，進而尋思解決方式，讓聲音表現更合宜自然。

填補詞與語言癌：然後……然後……做一個！的動作

人們說話時，出自個人習慣或改變話題等需求，或是猶豫、緊張、忘詞等原因，會自然地使用無實質意義的填補詞（language fill-

ers）。填補詞就像是像是思考時會發出的聲音，如：法文的「eh
bien」、日文的「えっと（etto）」或英文的「uh」和「well」，替換成
中文，就是「呃」、「嗯」、「啊」、「那」和「然後」等字。依據
課堂觀察，最頻繁出現的中文填補詞是「那」與「然後」，英文則是
「just」，特別是後者，非填補詞卻被當成填補詞使用，幾乎到了濫用
的地步。

　　口譯訓練會強調抑制填補詞，避免讓觀眾覺得口譯員不確定講者語
意，或是引發對口譯內容準確性的質疑。[21]換句話說，不必要的填補詞
會干擾訊息表達的完整、流暢和精確度，也易讓口譯員給人缺乏自信和
專業不足的印象。除此之外，頻繁使用填補詞不僅讓口譯內容聽起來累
贅，有損觀眾聆聽的舒適感，也不必要地延長口譯時間。

　　儘管填補詞會影響口譯品質，口譯員也無須排除所有的填補詞。有
研究指出，插入語式的填補詞具有穩住發言權的功能，如：「基本上」
和「事實上」，表面上聽起來有意義，像是演講內容的一部分，比較不
受到觀眾排斥，適當地使用可以「補白」，即填補發言中的空白或停頓
處，讓整體口譯聽起來較流暢。[22]有意義的填補詞確實是口譯「卡住」
時的救星，低調地幫口譯員「偷」一點思考時間和轉圜空間。

　　另一個常見的填補詞現象是「語言癌」，即動詞名詞化的現象，例
如：「做／進行一個XX（動詞）的動作」和「做一個XX（動詞）的部
分」。「語言癌」在網路及媒體的推波助瀾下，進入日常生活與職場，
許多人似乎也習以為常地沿用，像是「請各位做一個簽名的動作」，或
是「現在為您做一個說明的動作」。

---

[21]　Anne Delaney, 'Filler Words and Floor Holders: The Sounds Our Thoughts
　　 Make', *JSTOR Daily*, 11 March 2022. Web.

[22]　許琬翔：〈填補詞的使用對口譯品質之影響：聽眾觀點〉（未出版碩士
　　 論文，臺師大，2014），頁72-73。

　　除非口譯任務涉及動作指導或技巧學習，像是彩妝、美髮、烹飪、舞蹈、運動、工藝或冷凍空調施作等，且非得透過「化簡爲繁」的說話方式才能讓學員清楚指令，否則2個字便可譯完，實無用上8個字的必要，聽起來累贅囉嗦，也拉長口譯時間。

　　再者，慮及聽者可能來自不同華語地區，口譯員更需要斟酌使用（最好避免）帶有濃重地方色彩的用語。在某些口譯情境下，如果聽者也熟悉區域慣用語，可能會倍覺親切，於溝通有益；倘若不是，傳達的訊息可能被視作不自然、不道地，聽者還得另外語內翻譯，反倒延遲訊息傳遞。上述語言癌例子盛行於臺灣，卻不表示其他區域的華人能聽懂，就像英國人不見得知曉美式俚俗諺語一樣。

　　口譯傳達要求簡潔，避免拖泥帶水。如果想要戒掉無實質意義的填補詞或是「語言癌」說話習慣，可以嘗試下列方法，例如：

(1) 一個人時，透過自動語音辨識（Automatic Speech Recognition, ASR）或是語音轉文字（Speech to Text, STT）軟體，如：雅婷逐字稿或Otter.ai，將語音內容轉錄爲文字資料（transcription），觀察、記錄自己「犯規」的頻率，再逐步降低次數。
(2) 與同伴一起練習時，請對方透過舉牌、舉手，或按鈴方式，隨時提醒自己「犯規」。
(3) 上臺面對群眾時，練習停頓。嘴裡快「犯規」時，停下來，保持沉默，立刻閉上嘴巴，或是跳過該詞。

但最重要的是，譯者平時需要保持對語言的敏感度，學習判別哪些是精要言詞、哪些是冗詞贅句。

被看vs.看人

　　無論是講者或譯者，一旦在公開場合說話，就必須承受大眾的目光。來自觀眾席裡的眼神充滿形形色色的打量，並非都懷著善意。專注聆聽且肯定的注視對譯者自然是鼓勵，但許多時候，特別是在英譯中的專業演講或座談場合，許多觀眾都聽得懂英文，也可能是該領域專家，比譯者更懂領域知識。有時他們對口譯內容表現出的瞇眼、皺眉、搖頭或立刻轉頭以手遮嘴的方式跟旁座竊竊私語，可能都會讓譯者陷入是否誤譯的疑慮，產生心理壓力。

　　此外，群眾目光也包含攝錄轉播。攝影機如果固定不動尚且無妨，但也可能碰到工作人員，甚至是觀眾，逼近身前拍照與攝影，對於正在臺上演說或口譯的人，都是莫大壓力，還可能分散講者或譯者的注意力。不喜拍照（camera-shy）的人只能努力公私分明，專心發言或全心口譯，盡量不讓周邊環境干擾說話節奏。此外，智慧手機裡的照相功能雖然十分方便，但也似乎讓人忘記尊重他人拒絕被拍照的意願。有時在會議的開場，大會司儀或主席會提醒大家勿任意拍照或攝錄投影片內容，呼籲觀眾尊重智慧財產權，然而總有聽眾充耳不聞。曾有觀眾對臺上簡報的每張投影片拚命拍照，不願忍受的講者直接中斷演說，親自拜託觀眾可否放下手機。可是口譯員無法如此率性，只能將觀眾眼光及各種拍攝當成定力訓練。

　　口譯員在臺上工作時會發現，無論是低頭筆記，或偏頭看著講者說話與大螢幕上的投影片，每次面對大眾時，多數觀眾已朝向口譯員的方位，等著聆聽口譯。口譯員的視線焦點必須平均地在觀眾席裡流動，避免出現茫然的眼神（blank gaze）或心不在焉的神情（faraway look），更不能受到觀眾臉上各種神情（特別是皺眉或撇嘴）的干擾而影響口譯表現。每個人的眼神接觸習慣不盡相同，通常比較自然的眼神動線是由左到右、由遠到近，來回掃視。口譯員看著觀眾說話有幾項目的，

例如：

(1) 引導觀眾的視線落在口譯員身上，便是引導他們聆聽口譯。
(2) 觀察觀眾的反應，隨時調整口譯速度與策略。
(3) 觀眾拍手或笑聲連連時，視情況決定暫時中斷口譯或繼續。

當中的第2點是最主要的目標。劉敏華（香港浸會大學翻譯學研究中心主任）說過，觀眾的反應會讓口譯員適時地調整傳達方式：

> 口譯員與觀眾之間的互動，不只是由口譯員將訊息傳達給觀眾聽這個方向，觀眾其實無時無刻都在透過各種管道告訴口譯員他們接收訊息的情形……包括各種身體語言：點頭稱是、皺眉頭、搖頭、與旁座的人交頭接耳、不停地記筆記、聽得入神的表情、豎著耳朵聽得用力的樣子、打瞌睡等。[23]

　　為數不少的人，出自各種不同的原因，與人交談時大都不習慣與人對視，但口譯員工作時必須與觀眾保持目光交流，若迴避目光接觸，難免予人缺乏自信的觀感。對於生性害羞的人，倘若真的難以克服對視恐懼，可以試試以下兩個方式：

(1) 看著觀眾時，試著將眼神上移，看著對方的額頭，只要不是極近距離的交談，一樣可以創造出直視他人眼睛的效果。額頭上一片空白，少了會隨著談話內容變化的眼神，應該可以讓人比較專心

口譯。

(2) 先由間歇性目視觀眾開始練習，再慢慢拉長目視時間。練習時，可搭配讀稿，一邊練習預讀和朗讀技巧（read ahead & read aloud）（見〈靠聲音謀生〉章節），一邊抬頭看著觀眾，且跟他們的眼神接觸至少要維持2秒鐘。

另外，在演講場合，相信不少口譯員都曾為了想更清楚講者之意，而轉頭盯著對方，然而在雙人會談或是少數人參訪性質的隨行口譯中，可能要降低目視，甚至迴避與發言者的目光接觸，盡量讓對談的雙方或多方看著彼此說話。

外事翻譯官張璐（大陸外交部翻譯司副司長）在2015年的「翻譯人才發展國際論壇」上，分享了曾遭客戶指出她模糊溝通焦點的過往：

> 記得有一次給世界銀行的一個考察團做翻譯，外方代表中有一位口音很重的韓國官員，當時覺得聽他講話很吃力，所以我不得不經常抬起頭來直視他，以幫助自己更好聽懂他講的內容。一整天的活動結束後，翻譯工作倒是順利完成了，但是一位中方代表對我的工作提出了意見。他說因為我在這位韓國代表講話時總是抬頭看著他，導致這位韓國代表在講話時總盯著我這位譯員的方向，缺乏和中方代表的直接溝通。[24]

簡言之，溝通不單單只有語言和聲音上的傳達，非語言溝通

---

[24] 〈女神張璐香港演講：外交翻譯經驗談〉，《搜狐新聞》，2017年3月14日。網路。

（如：眼神接觸與肢體語言）也在默默傳遞訊息，強化表達與交流。然而，為了避免喧賓奪主，口譯員盡量避免使用手勢，臉上也不要出現過多表情，因此，眼神接觸（eye contact）成了口譯員臺風養成的一項訓練重點。

不急不躁高EQ

　　喜劇電影《這個殺手不太冷靜》（2022）有段關於口譯的劇情：分別來自中國與義大利的黑幫在餐廳碰面，準備進行地下交易，男主角飾演的臨時演員充當臨時口譯員，居中傳譯。畫面上，中方與義方代表朝向彼此，口譯員坐在兩者中間。以下為口譯過程的三方對話：

中方：「準備好了嗎？」
譯者：「準備好了嗎？（義文）」
義方：「我們早就準備好了。」
譯者：「我們早就準備好了。（中文）」
中方：「我是問你準備好了嗎？不是問他。」
譯者：（比出「沒問題」的手勢）「我是問你準備好了嗎？不是問他。（義文）」
義方：「他？他是誰？」
譯者：「他？他是誰？（中文）」
中方：「你不要原封不動地翻譯我的話，有些話我是對你說的，你不要翻過去。」
譯者：（一臉不爽樣）「說！」
中方：「錢帶來了嗎？」
譯者：「什麼錢？」

中方：（氣急敗壞）「這句該問他了！」

譯者：「這句該問他了！（義文）」

義方：「問誰？你們到底在說什麼？」

譯者：「問誰？你們到底在說什麼？（中文）」

中方：（無奈嘆息）「這樣，我看著他說話，你就翻過去，我看著你說
　　　話，你就不要翻，明白了嗎？」

譯者：（語帶不耐）「像這樣的規則你早就應該告訴我，要不然我怎麼
　　　會知道？說吧！」

中方：「錢帶來了嗎？」

譯者：「你的錢帶來了嗎？（義文）」

義方：「帶來了，你的槍帶來了嗎？」

譯者：（語氣更顯不善）「那你得問他，你問我我怎麼知道？（義
　　　文）」

義方：「我就是在問他啊！」

譯者：（指責對方）「你問他應該看著他，你看我幹什麼？（義文）」

義方：（生氣回嘴）「你跟我說話，我當然應該看著你，難道我應該看
　　　著你懷裡的刺蝟嗎？」

譯者：（正想反擊義方）

中方：（被晾在一旁而感到莫名其妙，趁機插嘴）「怎麼還吵上了？他
　　　說什麼了？」

譯者：（氣憤不已）「他問我槍在哪兒？這種問題我怎麼知道？」

中方：（氣到無力）「那不是問我的嗎？你怎麼不翻啊？」

譯者：（聲調上揚）「他剛才說這句話的時候一直看著我呢！我要翻
　　　嗎？你不是說看誰翻誰嗎？」

中方：（聲調跟著上揚）「我說的話你要有選擇性地翻過去，他說的所
　　　有話你都要翻過來，明白了嗎？」

譯者：（瀕臨暴怒）「你說了嗎？你說了嗎？你說了我不就明白了嗎？

再來吧！」

中方：「錢帶來了嗎？」

譯者：（怒吼）「錢帶來了嗎？（義文）」[25]

　　電影片段娛樂效果十足，透過男主角對口譯人稱的毫無概念，製造出一連串的雞同鴨講。原該協助雙方溝通的男主角不停地製造障礙，無端誤會讓三方都越發不耐，臨時口譯員的口氣更是愈益粗魯，對著雙方咆哮。

　　然而在真實的口譯現場，口譯員可不能失去氣度風範、失去專業倫理。任何會影響譯者情緒的事件都可能憑空出現，像是：口譯員在準備不足，甚至是毫無準備的狀況下，臨時被推上場工作；對譯語（特別是英語）似懂非懂的中文講者，以為口譯員翻錯訊息而出聲打斷口譯過程；講者、工作人員或觀眾自以為幽默地對口譯員語出冒犯（如：「我們考考口譯先生／小姐翻不翻得出來？」）；會場人員好心想端咖啡給正在口譯的口譯員喝；口譯員被牽扯進溝通雙方的爭論裡，無端承接怒氣。考驗來臨時，口譯員要懂得耐住脾性，保持情緒平穩，展現高情商。畢竟，避免情緒波動，確保當下口譯任務順利完成，才是譯者最重要的職責。

　　無論出現在何種場合，臺上、會議桌邊、電話中或視訊裡，口譯員必須看或聽起來泰然自若。自信從容的口譯員容易得到客戶與觀眾的信任，電影《寄生上流》的口譯員崔成宰（Sharon Choi，港譯崔成材）便是一例。她穩重的臺風得到媒體與影迷的的讚揚。無論是協助劇組與導

---

[25] 《這個殺手不太冷靜》，邢文雄導演（新麗傳媒，2022）。（見39分40秒至42分10秒處）

演發言致詞，或是陪同接受採訪，㉖不管是站著或坐著說話，總是一派輕鬆的神情，讓人不自覺地信任她的口譯。

沉住氣─內心奔騰，面上不顯

　　口譯現場，口譯員無論是翻不出來或翻錯，都要能不動聲色，繼續翻譯。如果表情、聲音或肢體上顯得驚惶失錯，不僅有違專業表現，觀眾或客戶對口譯內容也會失去信任。

　　在神態表現的細節上，教學現場常見學生會不自覺地扭動身體、摸頭髮或扭衣服、轉動原子筆、吐舌頭、搓鼻子、咂嘴，或是出於緊張而咯咯地笑。這些表現傳遞出負面訊息，例如：低頭、駝背及迴避視線讓人看起來沒精神、沒自信；不斷地撥弄頭髮、摸臉、搓鼻給人坐立不安的感覺；譯錯便笑傳達緊張的訊息；每說完一句話便發出「嘖」的聲音，不僅刺耳，也容易令人聯想口譯員是否不耐煩。

　　要改善上述躁動不安的肢體表現，最簡單直覺的做法就是在臺上自我觀察提醒，特意克制上述行為。或者，試想自己是坐在臺下的觀眾，認真想像自己看或聽著這些行為時的感受，相信很快就會中止不合宜的外顯動作。較為積極的做法有二：

(1) 觀看自己演說或口譯時的錄影回放，一些當下未意識到的不妥動作，往往在親眼目睹後，不消幾次便會停止。
(2) 透過一些小練習，刻意讓自己處變不驚，無論內心多恐慌，都要努力維持平穩的神態及語速。

㉖ 《'기생충' 봉준호 감독 머리속까지 침투？통역머신 샤론 최（최성재）Bong Joon-Ho's Interpreter Sharon Choi》，세상에 없던 생각，You-Tube，2020年1月29日。網路。

「練習臨時上臺致詞」便是一個可行方法。在口譯課或國際會議簡報課上，爲了訓練學生沉著應變（remain composed）的態度，會特別設計不同的致詞情境，請學生立即上臺發表60秒的簡短談話。致詞情境題材不拘，比較中規中矩的可能像是公司新部門成立、新職員迎新宴、員工退休惜別會、新生兒滿月、結婚週年慶祝、同學生日派對，乃至喪禮送別等。想要多點創意的便請大家臨場出題。決定好題目和簡單細節後，直接點名致詞人上臺，站定位置後，3秒鐘內開口說話，發言時避免3秒鐘以上的停頓。致詞者的構思時間，從老師簡介題目（僅2至3句話）開始，到從座位上起立走上臺的短短一小段路，最多不過數秒，坐首排的同學可能全部僅10至15秒的準備時間，更得將臨危不亂的精神發揮到極致。

　　這個「臨時、臨場」的訓練任務，看似隨意、未經彩排，但致詞者必須快速分析情境背景、觀眾屬性，決定語體風格、開場策略，以及主文配置，最後邀請現場觀眾舉杯，以祝福詞語做結。在不到1分鐘的發言裡，致詞者要展現大眾演說技巧，以得體的姿態傳達恰當的訊息。練習看似簡單，但事非經過不知難，其實極有挑戰樂趣的。

喜歡學習

好奇心與求知慾

譯者記要：

有些人會因爲某些事物與自己的生活或工作沒有關聯，便將其判定爲「沒有用」、「不用學」，毫無意願去認識、接觸，但到底是該事物眞的毫

無用處，抑或個人的生活經驗與視野見地過於
狹隘？

　　「譯者最重要的特質是什麼？」每一個上到口譯課的學期或學年，總會有學生問起這個問題，幾乎沒有例外。我總是回答「好奇心」，不說出色的雙語能力，是因為在口譯的世界裡，語言優秀是必須的，是成為譯者的門檻，不算是加分。

　　依《劍橋線上辭典》釋義，好奇心（curiosity）指的是「渴望了解或學習某件事情」。一個好奇的人，對許多事物都感到新鮮，不為特別理由，就是想要接觸了解。一個擁有強烈好奇心的人，對知識有熱情，常常問「為什麼」，然後帶著許許多多的「為什麼」，測試自己的舒適圈，挑戰生活，願意以開放的心態探索自己不熟悉的知識、理解自己不了解的文化。

　　外交部資深中日譯者蘇定東在一次訪談中，建議對口譯工作有興趣的人要「好奇心強」且「本身是喜歡閱讀，吸收新的知識」。[27] 在《口譯的理論與實踐》中，周兆祥與陳育沾也明言譯者主動培養求知慾的重要：「有些人天生好奇，凡事好尋根究底，吸收知識能力高，這種精神與才能對傳譯工作極有用。」[28]

　　譯者隨時保持學習新知的熱忱，讓知識層面變得寬廣，盡可能化解「書到用時方恨少」的窘迫。口譯工作常有許多「意外」，例如：譯者接到為期一週的隨行口譯任務，客戶是一名西班牙土木工程師，來臺與某在地企業洽公。譯者行前做了許多領域知識的準備，但在某日的用餐

---

[27]　〈【蘋果人物】哥不是翻譯是翻真意蘇定東20年摸透四任總統〉，《蘋果新聞網》，2018年8月3日。網路。

[28]　周兆祥、陳育沾：《口譯的理論與實踐》（臺北：商務，1995），頁50。

時間，該名工程師卻與接待方的工程師交換起育兒經驗，一聊半小時，知識範圍突然從堤壩橋梁轉向親子教養。他們的生活日常用語，如：「背帶」、「配方奶」或「塞奶嘴」等，對當下毫無心理準備的口譯員來說，恐怕才是專業詞彙了。

　　好奇心會培養求知慾，帶領譯者主動拓展、探索知識，更進一步地培養探究鑽研的工作態度。譯者常會接觸到各式各樣的題材，在接下一個案子的時候，一項重要的前置準備作業，便是刻意研讀與主題知識（subject knowledge）或領域知識（domain knowledge）相關的背景資料，在有限的時間內，有效率地組織、理解、熟悉領域知識與術語，並且知道如何正確表達業內行話。例如：如果為政府部門工作，熟悉政策與口號的翻譯是基本，涉及政治敏感的議題更須懂得如何小心措辭，避免衍生外交糾紛。從事市調座談口譯的譯者當然要熟悉商品名稱、成分用詞，對訪談主軸及交錯對話形式也都充分掌握。

學不厭倦&探究精神

> 每一場會議都是艱辛的挑戰，因為會議裡有來自世界各地不同領域的精英，聚在一堂發表論文、討論重要議題、交換最新的尖端知識。口譯員永遠處於資訊焦慮的狀態，不斷在追求新知，探索新的知識領域，爬過一座又一座的山（因為隔行真的如隔山）。[20]
> 吳敏嘉（資深口譯員、國際會議口譯員協會會員、臺大外文系助理教授）

---

[20] 吳敏嘉：〈口譯這一行：一個資深口譯員的經驗分享〉，《中時新聞網》，2016年5月23日。網路。

　　譯者經常先於一般大眾接觸到最新的議題，趨勢兩、三年一變，讓譯者一直忙著更新知識。雖是「樣樣通，樣樣鬆」，但這是口譯工作的本質。領域知識是講者的，口譯專業是譯者的。譯者盡量當個擁有廣泛知識的「通才」，致力成為口譯領域的「專才」。講者負責傳遞知識，口譯員承擔訊息的分析與轉傳。

　　特別是在會議口譯的場域，口譯員服務的對象往往是行業裡富藏學養的專業人士，他們經年累月擴充出來的學識與本領，讓他們隨口說出的細節都像是專業知識（expert knowledge），而譯者對不同領域知識的儲備，則仰賴平日一點一滴、持之以恆的累積功夫。

　　以國際事務為例，有些全球活動或會議每年固定舉辦，像是自1995年起逐年召開的「聯合國氣候變化綱要公約締約方會議」（COP）。譯者若能逐次了解其歷史發展、正式名稱、重要公約、參與國家、與會人士、協定目標、問題爭議等，慢慢累積相關背景知識，相信有助於快速進入一年一度的會議情境。除了常識層面，譯者也得定期追蹤最新的議題趨勢，像是禁用化石燃料（stop funding fossil fuels）爭議、「碳抵換」（carbon offset）與「森林碳匯」（forest carbon sink），還有歷經十五年，終於在2022年催生出的「損失與損害基金」（Loss and Damage Fund）。

　　再舉一例：英國女王伊莉莎白二世（Queen Elizabeth II, 1926-2022）逝世當週，法國24國際新聞頻道密切關注播報。對於此突發大事件，合理推斷他們會提到國葬過程的安排，也不難預測他們會邀請不同專家連線，或是親至攝影棚現場，從歷史與政經視角切入，提出對英國現下困境與前景變局的看法。

　　然而無論如何充分準備，總難免碰上難以預測之處，像是從主體事件延伸出的周邊議題。一位美國國際時事評論員（international affairs commentator）獲邀上節目，可能顧及美國收視觀眾關注的議題與角度，談話中特別花了幾分鐘提及女王親自會晤過的十三任美國總統（從

最早的杜魯門與艾森豪到近期的川普與拜登），並簡述他們的接觸或交情。如果口譯員在擴充背景知識庫（knowledge base）的過程中，曾涉獵美國二戰後的歷史發展，對總統輪替歷程也略有印象，相信憑著臨場反應與紮實的口譯技巧訓練，還是足以掌握主要訊息。

　　譯者想要讓背景知識容量變大，不妨抱持著「學非探其花，要自拔其根」的鑽研精神，培養掌握議題的能力，嘗試從一事件中挖掘議題，進而追根究柢，但一開始要懂得如何決定探查方向、篩選合適主題。以近日（2023年4月）澳洲男子誤食滅鼠藥而衍生的司法偵辦新聞[30]為例，口譯員無須「追八卦」，過於關注媒體報導的私人感情糾紛，而是要從媒體報導裡涉入知識的學習與累積。

　　挑選主題可從以下幾方面著手：(1)文化意識層面，如：外國人如何看待臺灣小吃文化；(2)法律層面，如：跨國司法互助；(3)醫療層面，如：醫療後送制度、滅鼠藥中毒症狀、誤食滅鼠藥的緊急處置、鼠患防治、漢他病毒肺症候群（Hantavirus Pulmonary Syndrome, HPS）、臺灣的滅鼠歷史，或是黑死病（Black Death）對人類歷史進程的改變等。

　　舉例來說，新聞中頻繁提及的滅鼠藥「超級華法林」（superwarfarin，強效抗凝血劑），便是可以延伸探討的議題。如若花時間研究相關資料或諮詢專家，會發現「華法林」（warfarin）這類化學物質其實是近代醫學重要的心血管用藥，主要透過抑制血栓的形成，來降低中風或急性冠狀動脈心臟病發作的風險，果然是「吾之砒霜，汝之良藥」。儘管醫藥學界已研發許多新型抗凝血劑，「華法林」目前仍舊是許多病患天天服用的居家必備良藥。

　　除了主題的掌握，事前準備還包含對講者背景資訊的調查，投注時

---

[30]　楊佩琪：〈追澳洲男大生老鼠藥中毒！檢方約談女老闆查平日生活、就醫過程〉，《三立新聞網》，2023年5月12日。網路。

間熟悉講者的口音和語速，了解其背景、說話習慣與思維模式。如長井鞠子（Mariko Nagai，英日口譯員）所說，準備口譯工作時，除了內容知識，也包含講者的簡歷背景，且後者資訊「將會大為左右口譯的完成度」。[31]

舉例來說，美國近三任總統的口語表達特質截然不同，歐巴馬（Barack Obama）擁有法學背景，演說一流，修辭技巧高明，用詞謹慎，善於透過日常用語解釋複雜想法。[32]川普（Donald Trump）經商有成，發言如會話般直白，少用形容詞點綴言語，會運用許多銷售說話技巧，因此演說很有感染力。[33]拜登（Joe Biden）政壇經歷深厚，受口吃影響，句子零碎不完整，談話中經常出現口誤，一緊張便容易詞窮或發生詞不達意的情形，他自己都曾自嘲是「口誤機器」（gaffe machine）。[34]網路上如有講者先前的演說影片，可以預看準備，心裡會較為踏實。

弗萊明（Richard Fleming，歐盟口譯總局〔DG SCIC〕資深口譯員兼訓練講師）認為，口譯員的事先研究（prior research）若完善，工作時心裡比較有安全感，聽起來也比較有自信。他將背景資料的準備功夫

---

[31] 長井鞠子：《口譯人生》，詹慕如譯（臺北：經濟新潮社，2016），頁118-119。

[32] Linton Weeks, 'The Art of Language, Obama-Style', *NPR*, 11 February, 2009. Web.

[33] Tara Golshan, 'Donald Trump's Unique Speaking Style, Explained by Linguists', *Vox*, 11 January, 2017. Web.

[34] Jack Brewster, 'Joe Biden's Stutter Explains a Lot about How He Speaks. I Should Know - I Have One Too', *Newsweek*, 19 March, 2020. Web; Arlette Saenz, 'Joe Biden Believes He Is the "Most Qualified Person in the Country to Be President"', *CNN*, 4 December, 2008. Web.

比做偵查任務（detective work），認為好的譯者就像偵探一樣，即使面對不熟悉的環境，也要秉持強烈的好奇心，盡可能探知講者的想法、感受、意圖與動機：

> 口譯員要知道講者想說什麼（what）？為何那樣說（why）？怎麼說（how）？態度是什麼樣的（attitude）？知道講者來自哪一個國家也會有幫助，還要注意講者的性格（character），像是傲慢？寬厚？風趣？還是沒耐心？[5]

進一步解釋弗萊明的話，就是譯者可由講者的「個人檔案」（personal profile）著手準備任務，查詢其教育背景、職業頭銜、專業領域、媒體訪談、公開演說、著述，或任何有助於熟悉主題的資料，從中觀察講者的說話風格、口吻，以及思緒理路，尋求精確有效的口譯方式，為他們傳播訊息或想法給視聽大眾。

---

[5] Richard Fleming, 'What is Interpreting?', *Streaming Service of the European Commission*, 26 February, 2014. Web.

第四篇
口譯課堂上

🌿 同理他人 🌿

我是對方，對方是我：第一人稱的使用

受過口譯訓練的人，知道翻譯時要用第一人稱「我」。例如：澳洲翻譯協會（Australian Institute of Interpreters & Translators, AUSIT）的《專業倫理守則》中便明文規定：「口譯員以第一人稱口譯。」（Interpreters interpret in the first person.）

口譯時，譯者即是講者的代言者。韓國電影《寄生上流》的口譯員崔成宰（Sharon Choi，港譯崔成材）得到導演奉俊昊的盛讚：「幾乎像是我的阿凡達（分身）。」[1]〈一場訪問的關鍵〉報導則提到，記者心目中的稱職口譯員有以下特色：「幾乎完美複製說話者的口吻，保留第一手的語調和態度，彷彿……是說話者喉嚨裡內建的翻譯機。」[2] 記者採訪外國明星時，即使自己聽得懂對方的語言，也判斷得出口譯員有無誤譯或漏譯，但還是需要透過口譯，確保資訊接收無誤。

講者的情感態度、內心情緒、感染力或說服力也是傳譯的一部分，如果講者表現的慷慨激昂，譯者說話的口吻不該顯得平淡無奇。[3]

---

[1] 蒙曉盈：〈《上流寄生族》翻譯員靚樣成熱搜 南加大學電影系畢業生活低調〉，《香港01》，2020年2月10日。網路；劉宛欣：〈《寄生上流》奧斯卡正妹口譯「撞臉南韓影后」成亮點！奉俊昊狂讚：她像我的分身〉，《ETtoday新聞雲》，2020年2月10日。網路。

[2] 梅衍儂：〈一場訪問的關鍵：好的翻譯帶你上天堂〉，《聯合報》，2017年8月31日。網路。

[3] 周兆祥、陳育沾：《口譯的理論與實踐》（臺北：商務，1995），頁48, 52；蘇定東：《中日逐步口譯入門教室》（臺北：鴻儒堂，2009），頁8；長井鞠子：《口譯人生》，詹慕如譯（臺北：經濟新潮社，2016），頁120。

長井鞠子（Mariko Nagai，英日口譯員）表示：「在考慮到情感共鳴的重要性時，首先必須將自己和講者視為一體。」[4]換句話說，口譯員如果能設身處地理解講者的需求，便能以更符合對方心意的方式，較完整地傳達對方的表述。

波諾馬夫（Alexandre Ponomarev，2020年東京奧運首席口譯員）便強調口譯員要能感知對方的需求：「你必須站在對方的角度思考，你看到這個孩子剛贏了獎牌，你感同身受覺得興奮。」[5]也就是說，譯者雖不需要像選手一樣興奮地高聲吶喊，或激動地手舞足蹈，但聲音表情中應適當傳達獲獎者的喜悅和感動，幫助觀眾體會、分享講者喜悅的心情。

此外，如果譯者能細心察覺講者的工作情緒，幫忙安撫，對口譯工作也是一大加分。中日口譯員褚炫初（日本建築大師安藤忠雄訪臺時的指定譯者）在一次採訪中提到，緩和受邀講者的情緒雖非譯者的分內職責，但體認到即使是國際名人，在海外演說總難免緊張，亦常因參與各方的不同立場，或額外的行程安排，導致情緒波動，譯者若能體貼對方心情，主動居中協調，有助於活動圓滿完成。[6]

---

[4] 長井鞠子：《口譯人生》，詹慕如譯（臺北：經濟新潮社，2016），頁118-119。

[5] 連忻：〈揭秘！東奧近百人翻譯團隊 首席精通7國語言〉，《民視新聞網》，2021年7月31日。網路。

[6] 梁任瑋：〈褚炫初口譯到位 安藤忠雄非她不可〉，《今周刊》，2014年3月20日。網路。

我是對方，又不是對方：口譯時請冷靜

　　工作中的口譯員以「保持冷靜」為原則，避免情感過於波動，影響工作情緒與口譯品質。2022年，烏俄爆發衝突，烏克蘭總統澤倫斯基（Volodymyr Zelensky）在各國議會發表演說，以發生在不同國家的歷史事件融合普世價值，企圖激起觀眾共感，對烏克蘭處境感同身受。

　　在歐洲議會的視訊演說裡，英語同步口譯員的情緒受到感染而失控，新聞紛紛報導口譯員「崩潰」（break down）、「哽咽」（choke up）、「哭泣」（cry）、「淚崩」（break down in tears）或「情緒激動」（become/get emotional）。《華盛頓郵報》報導口譯員因感動而「一時失態」（momentarily lost his composure）。[1]「composure」一字意味著口譯員工作時的沉著與自信。

　　這名英語口譯員的情緒失控是否有違口譯專業表現？一方面，口譯員的眼淚可以解讀成自己被澤倫斯基打動了，與對方深切共情，自然而然地譯出他內心的無助與迫切求助的心情，對觀眾也造成短暫的情緒渲染，可能反倒幫忙加強演講的訴求；另一方面，口譯員的眼淚會不會喧賓奪主，讓觀眾只記得口譯員哭了，卻忽略演講的實際內容？

　　在一場演講中，講者才是主角，口譯員需要傳遞的是講者說話的內容。口譯員雖然宛若講者分身，但本質上仍有不同。一個明顯的不同處在於，講者演說時，通常會善用肢體語言，口譯員則避免過多的表情或手勢，衣著也傾向黑灰或暗色系，不配戴搶眼的領帶或珠寶，以免演說場合失焦。講者傳達觀點的同時，其實也是在展現自己，但口譯員的主要職責是協助講者表達，自己則盡量保持低調，將焦點留給講者。

---

[1]　Emily Rauhala, 'Interpreter Breaks Down During Zelensky's Speech to European Union', *Washington Post*, 1 March 2022. Web.

　　如何拿捏講者的訊息與情緒傳遞，可參考法國總統馬克宏（Emmanuel Macron）在聯合國大會（UN General Assembly）的一場演說英譯。[8]在俄羅斯總統普亭（Vladimir Putin）宣布軍事動員，準備將該國青壯年拖入戰場後，馬克宏發表將近半小時的演說，痛斥俄羅斯侵略烏克蘭的行動，也呼籲大家團結一心，恢復世界秩序。演說過程中，馬克宏越說越激動，除了以各種手勢表達各種情緒（例如：數次敲桌表示憤怒；多次將五指朝上束圍併攏，並前後搖晃，表示他對戰爭局勢的擔心與害怕），聲調更是愈益高昂。

　　第一位口譯員（約前20分鐘）在保持口語清晰、速度平穩的前提下，有時會稍微提高聲量（以第9至10分鐘爲例），讓不諳法文的聽眾更能明白馬克宏的氣憤與訴求——保持沉默、拒絕表態的會員國是俄羅斯新帝國主義的幫凶。第二位口譯員（約後面10分鐘）則維持聲音表現的平穩，只專心處理訊息本身。馬克宏人在現場，各會員國代表自會感受到他的激動，講臺上方左右兩側也有大螢幕播送，讓後排觀眾看見他的神態。

　　口譯員維持鎮定是爲了保留應付工作的「氣力」或能量，一連串涉及多工（multi-tasking）的口譯流程極耗心力，口譯員需要頭腦清明才能好好理解資訊。口譯時若因過於共感而「入戲」太深，恐怕招致反效果，也徒增搶走講者鋒頭的疑慮。2008年「香港藝人不雅照事件」便引發大眾討論口譯員過於激動的情緒。當時的記者會採用同步口譯模式，在實況轉播的影片中，當事人的面部表情及聲音皆平穩，幾乎不露任何個人情緒，但口譯員的聲音卻顯得激烈昂揚，講者及譯者的角色界限一時陷入混淆。報導指出，當事人以英語發表看法，「措辭簡要，情緒穩

---

[8] *FR France-President Addresses United Nations General Debate, 77th Session (English) | #UNGA.* United Nations. YouTube. 21 September, 2022. Web.

定」，但口譯員傳譯時卻「情緒激動、充滿『悲慟效果』」，不僅引發觀眾反感，也讓自己成爲議論焦點，導致自己事後必須致歉。[9]

演說不是只有講者

　　大眾演說，如其名所示，就是在特定的場合、特定的時間內，講者（包含主持人與司儀）對著一群特定的現場觀眾（a live audience）演說。觀眾專程前來聆聽講座或參與會議，可能是慕講者之名而來、可能是關切某主題、可能是必須出席的重要人士，也可能是記者採訪。他們也許渴望吸取知識、獲得與講者見面的滿足感，或是因爲工作職責而出席。觀眾當然也包含隔著螢幕收看轉播的人。

　　稱職的口譯工作，除了考量講者，還需要考慮觀眾。在講者「說－傳遞」和觀眾「聽－理解」的需求之間，思考如何爲發言的單方或雙方傳遞正確、清楚、明白的訊息。前文提及的崔成宰（見〈我是對方，對方是我〉章節）除了獲得講者（導演）讚揚，在伴隨劇組出席多場國際頒獎典禮與電視訪談[10]的過程中，也得到觀眾（國際媒體）的欣賞，報導她口譯表現精準生動，不僅成功轉譯導演奉俊昊的「韓式幽默發言」，也將其電影概念以觀眾能夠理解的方式傳達出去。

　　對口譯員來說，稍微認識觀眾的屬性（如：教育、文化、專業背景等）、心態和需求，有助於思考口譯時該採用什麼樣的的語氣、口吻、語體和修辭，提高訊息傳遞的效率。例如：如果來訪外賓在不讀稿的狀

[9]　江祥綾：〈口譯太激動誇張 李健光賠不是〉，《聯合報》，2008年2月22日。網路。

[10]　〈'기생충' 봉준호 감독 머리속까지 침투? 통역머신 샤론 (최성재) Bong Joon-Ho's Interpreter Sharon Choi〉，《세상에 없던 생각》，2020년1月29일。網路。

況下，說話自然、表達直白，現場觀眾也非高層級官員，口譯員的措辭或許不需要文謅謅地硬要使用「溢美之詞」，視情況調整為「熱情的讚美」或許更容易讓觀眾聽懂。

雖然在特定的口譯現場，像是高層級的國際外交會談，講者與說話內容顯然置於觀眾之前，但並不代表觀眾的吸收與理解全然不重要。如果講者端的訊息無法順利抵達觀眾端，代表前者無法向後者傳達或分享觀點，口譯協助雙方溝通的功能與目的便沒有完成。

此外，事先了解活動的目的與主辦方的期待，因應調整口譯策略，協助對方促成活動效果，也是口譯溝通的價值所在。譬如：有些外事交流活動較為輕鬆，常見外使館或代表處以美食展或旅展交流文化，希望吸引更多在地民眾參與。主辦方可能會希望口譯員身兼司儀或主持，盡量靈活、機動地介紹、傳譯，同時幫忙活絡現場氣氛，而非一五一十地翻譯。

注重觀眾反應的口譯場合常見於明星宣傳記者會、粉絲見面會或產品發布會等。新聞曾報導韓語口譯員魯水晶為韓國藝人李鎮赫口譯，成功協助後者與在場臺灣粉絲開心互動，而深獲讚賞：

> ……李鎮赫見面會，呈現了一場高水準的韓秀，獲許多粉絲好評，包括了擔任口譯魯水晶的精彩表現，當中李鎮赫回應一句「你們喜歡我這樣的方式呈現，我也感到開心」，魯水晶「神翻譯」為「你好，我就好」不僅簡要正確傳達了語意，李鎮赫還調皮地學著以中文覆述，嗨翻全場。她說：「我是翻譯，跟粉絲一起享受、一起玩這個見面會。」[11]

---

[11] 溫博鈞：〈最神口譯魯水晶 韓國人跟你想的不一樣〉，《中時新聞網》，2019年10月27日。

　　魯水晶「接地氣」的口譯決定顧及當下場合氣氛，適時扮演穿針引線的角色，為觀眾與明星營造互動，拉近彼此因語言隔開的距離，順利得到粉絲的即時正面回響，相信也是明星背後的經紀公司與臺、韓兩地的工作團隊所樂見。

你想過聽眾的感受嗎？

　　在為別人口譯之前，或許先當個觀眾，有助於了解觀眾聽口譯的感受。觀眾為講者而來，並非專門前來聆聽口譯；他們關心的是訊息重點，不是譯語造詣。如史威爾斯（John Swales，歐盟口譯總局〔DG SCIC〕英語口譯組負責人）所說，客戶想要的是「清楚、連貫、準確且容易理解的信息」（clear, coherent, accurate message that makes sense and is easy on the air），而且，請想想觀眾可能已經聽了一整天口譯的感受。[12]

　　曾經為了提醒學生體貼聽眾的感受，給他們出了一份作業——由聽眾角度思考口譯，透過網路或在現場聆聽有提供口譯服務的演說，思考聽眾對口譯員的期待。討論過程發現，以譯者視角看譯者，跟以觀眾視角看譯者，並不太一樣。作為譯者，通常會將絕大多數的心力放在講者身上，重視談話訊息的傳譯是否精確完整，希望盡力協助講者向觀眾傳達觀點或訴求；作為觀眾，可能寧願譯者話語簡潔，表達重點即可。聽著講者與口譯員連續不停地發言，特別在逐步口譯的模式裡，一整場下來頗令人疲憊。即使是同步口譯，「嘴碎囉嗦」的譯者對耳朵真是疲勞轟炸。

---

[12] John Swales, 'How Important is the Mother Tongue?', *Streaming Service of the European Commission*, 26 February, 2014. Web.

認真聆聽且想要聽懂訊息的話，大腦勢必會耗費不少能量與專注力。如果是聽得懂雙語的觀眾，腦裡可能不自覺地對照源語和譯語，更容易感到疲倦。對於聽不懂源語的觀眾，一直聽著無法理解的語言，也會產生聽覺疲勞，一段時間後漸失注意力，進而降低聆聽意願。

在口譯現場，主辦單位可能也會要求口譯員翻譯重點即可。中英口譯員蔣希敏便提過，「偶爾會遇到主辦單位要求逐步口譯員『少翻點』的情形」。[13]這樣的要求其實不難理解。主辦單位可能是希望將時間保留給講者，也可能是希望口譯員幫忙協助會議準時結束。讓會議準時結束不僅僅是開會禮儀，也是對彼此的尊重，體貼地設想別人可能有後續的行程安排。

「做口譯」關注的是如何將訊息完整地傳達給觀眾，即使知道口譯有主、次訊息之分，但還是希望盡量全譯，不要隨意增減訊息；「聽口譯」則期待口譯簡練俐落，希望口譯員幫忙掌控時間，避免講者說了3分鐘，他們也同樣譯了3分鐘，還額外補充文化知識或是解釋專有名詞，雖出自善意，卻可能導致口譯時間長過演說時間，將講者晾在「譯」旁，反客為主。觀眾席可能還會出現疑問：「剛剛講者有說這麼多話嗎？」

學生時期，無論是逐步口譯或同步口譯的課堂上，師長總是不厭其煩地提醒訊息表達要簡潔明瞭——可以用3個字說完的，就不要用到7個字，一句話可以譯完的，便不需要拉長到3句話。有時忘了精練原則，老師會扳手指頭數字數，當場調整譯文，親自示範用字精簡，但語意精確的做法，同時提醒大家讓會議準時結束的重要。

---

[13] 蔣希敏：《來賓請入座：25堂英文口譯必修課》（臺北：捷徑文化，2012），頁20。

KISS（短潔）原則

　　杜宏（Claude Durand，退休歐盟口譯總局〔DG SCIC〕多國語言小組負責人）提醒口譯員，口譯（特別是英譯）要遵循「KISS（Keep It Short and Simple）」原則，力求「表達簡潔」（simplicity of expression）。[14]也就是說，口譯時要盡可能地長話短說、簡單說，使用短語短句，讓訊息淺白好理解。杜宏的「小指點」（tip）放在聯合國的譯入英語場合更是如此。聯合國規定的工作語言有阿、中、英、法、蘇、西語等六種，而許多語言未被列入的國家代表，大多還是聆聽通用語言（lingua franca）——英語。爲了服務英語非平常慣用語的與會者，英語口譯要求短潔易懂，實屬合理考量。

　　在每天接收和製造大量訊息的日常裡，口譯員說話簡明的特質，是難得的職場優勢（edge）。報導指出，曾爲時任大陸總理朱鎔基翻譯的朱彤（畢業自北京外交學院，任職大陸外交部翻譯室），最爲師長讚賞的便是她簡要精練的口譯風格，指她在校表現雖非最佳，但貴在說話「簡短幹練、不囉嗦、咬字清楚，談吐『令人舒適』」，擁有成爲高級翻譯的潛力。[15]

　　在口譯職場上，也常出現下列情況，值得口譯員思考「話語量」：在一場專業領域的會議上（特別是中英語言組合），像是醫學、工程、文學或宗教，無論在實地現場或虛擬平臺上，往往是聽得懂的不需要口譯，聽不懂的也不見得想聽。想想誰會參與專業會議、論壇或座談？這些人當中，眞正需要藉助口譯才能聽懂發言內容，實際上有多

---

[14] Claude Durand, 'Retour Interpretation-Basic Principles', *Streaming Service of the European Commission*, 26 February, 2014, Web.

[15] 〈領導人翻譯團隊平均31歲七成女性　熟外交夠淡定　識走位不搶鏡頭〉，《明報》，2014年12月24日。網路。

少？絕大多數的出席者都是該領域的專業人士，即使租借了口譯設備或是螢幕上有口譯聲道選項，可能也只是出於對同步口譯的好奇而聽一下，很快又回頭聽講者說話，更多時候是低頭做自己的事。許多人甚至沒有在聽，反正大會有提供手冊，上面有摘要或簡介，若有線上版，還能按一下「翻譯這個網頁」選項，隨著捲軸向下滾動，中文翻譯自然浮現眼前，方便快速擷取所需資訊。在虛擬會議平臺上，即使有口譯聲道的選項，現代人習慣多螢幕工作，加上一旁的手機，說不定也完全沒在聽，更多人可能只想聽自己感興趣的內容。

　　在傳統口譯訓練裡，師長耳提面命的「忠實翻譯、不要隨意刪減訊息」（fidelity and completeness）的做法，也許隨著民眾的英語教育水準提高，可能也會出現不同的觀點；更也許，隨著人工智慧（AI）口譯工具的發展，口譯活動也會出現不同的要求與面貌。

誰懂「晶晶體」？

　　我們先看下文：

我現在很nervous，因為我明天有個presentation，all English的，可是我的English還沒那麼好，因為我平常在家都only speak Chinese，還有，我常常skip class，但我還是不想被fail，拜託，you've got to help me，要是沒有pass，那我這個semester就waste了。

如果直接刪除英文：

我現在很……，因為我明天有個……，……的，可是我的……還沒那麼好，因為我平常在家都……，還有，我常常……，但我還是不想被……，拜託，……，要是沒有……，那我這個……就……了。

恐怕沒有多少人猜得出這段「話」要傳遞什麼樣的「訊息」吧？

　　每學期口譯課一開始至期中考前階段，部分學生上臺練習時，會因一時想不到對應譯語（equivalents）而出現「語言交替」（language alternation）或「轉碼」（code switch）做法（臺灣戲稱的「晶晶體」[16]）。對於中英（或其他外語組合）夾雜的說話方式，不同的人有不同的反應。有人覺得詼諧有趣、有人認為稀鬆平常、有人感到反感刺耳，猜想是否中文或英文或是兩者皆不佳，還是對中英雙語都很熟悉，當然可能也有人視為專業表現。

　　中英夾雜的說話方式在某些學習場域、職場或多元文化環境中是常見現象，諸如外文系所、醫院、外商企業[17]、久居海外的華人，或是像新加坡與馬來西亞等多語國家。甚至，中英夾雜可能代表一個社會的獨特文化，是一種認同的象徵。然而，除非出自特殊考量，口譯時需要避免非必要的語碼切換行為，更不能假設觀眾應該聽得懂譯者自認簡單且常用的英文單字。自己覺得基本，於對方說不定是外星文。既然安排口譯服務，就代表有語言障礙的存在。也許譯者是無心脫口、覺得理所當然，或求一時方便，但對觀眾來說，極易造成困擾，甚至是負面觀感。

　　美國聯邦法院認證口譯員崔冰（M. Eta Trabing）女士便提醒，口譯時盡量讓兩種語言完全分離（keep your two langauges separate and as pure as possible），混合使用語言（如：夾雜西語的英語Spanglish或是夾雜英語的法語Franglais）容易讓觀眾認定口譯員不懂另一語言的對應

---

[16] 首都客運千金李晶晶在某次《Vogue》雜誌的訪談中，不時夾雜中英文表達看法，而引發風潮。

[17] 〈外商公司上班愛用「晶晶體」？他演出中英夾雜笑翻網〉，《三立新聞網SETN》，2020年3月13日。網路。

詞，因而無法正確口譯，如此一來，他們會逐漸失去對口譯員的信任
（their trust in you will erode）。[18]

✿✿　跟上時事　✿✿

跟著時事脈動的口譯課

　　並非人人都關注新聞，但口譯員因工作需求，不能拒看新聞、不
能不關心所處的世界。有經驗的口譯員都會提到時事知識對口譯工作的
重要。中英譯者蔣希敏建議譯者：「Read a daily daily, a weekly weekly,
and a monthly monthly.」[19]（閱讀每日的日報、每週的週刊和每月的月
刊）。曾從事口譯工作的演藝人員穆熙妍亦分享過，某次在媒體前為一
位企業老闆口譯時，對方突然脫稿發言，提及近日發生的新聞，多虧她
早上「跟上」新聞進度，才能順利完成口譯任務。[20]中韓譯者陳家怡更
強調：「翻譯這份工作非常講究細節，為了提升翻譯成品的完成度，需
要對很多不同的領域進行鑽研，也要隨時『跟上』最新時事，不斷擴大
自己的背景知識，才能『見招拆招』。」[21]

---

[18] M. Eta Trabing. 'Becoming a Translator: Looking Beyond Bilingualism',
Carolina Association of Translators & Interpreters (CATI) (2018). Web.

[19] 蔣希敏：《來賓請入座：25堂英文口譯必修課》（臺北：捷徑文化，
20102），頁147-148。

[20] 穆熙妍：〈穆熙妍／我曾是翻譯官〉，《今日新聞》，2016年7月1日。
網路。

[21] 陳家怡：《成為韓語翻譯員》（臺北：日月文化，2021），頁50。

　　口譯課關注時事有其確切的學習目的，主要是藉由關注時事，擴充普通常識（general knowledge）與領域知識（domain knowledge），更能訓練學生在短時間之內彙整口譯資料的能力，特別是針對當日的突發新聞（breaking news）。突發新聞具備臨場感與急迫性，在時間壓力下，必須有效率地搜尋關鍵字詞，以及迅速掌握關鍵背景資料。

　　每個學期的課堂上，總會碰上一、兩次直接抽換當週課程內容的情況，通常都是國內外出現重大事件的時候。準備當日正在發生的新聞事件，雖讓人感到緊張，卻也立刻拉近與國際新聞事件的距離，同時體驗口譯工作需要的臨機應變。

　　2011年3月11日，日本發生地震及海嘯當天，碰巧有口譯課，課堂上討論起如何迅速掌握關鍵用語和措辭表達。一個極有效率的方式，便是輪替看過同時段電視上所有的外國新聞頻道，一直重複出現的單字或措辭便會自然地進入譯者腦裡，短時間內不會忘記，學到的英文也道地。學生還可以建立一份中英對照筆記，依照主題、關鍵字彙（如：相關災難用字及說法）、專有名詞（如：人名、地名、地震與海嘯術語、經緯度讀法）、常用句型等，分別記錄，最重要的是如何將單字放進句子裡使用。只是將蒐集到的關鍵字與術語組合起來，不代表可以說出「好英文」，懂得如何有效正確地以譯語表達，才是譯事要務。

　　新聞事件的後續報導（follow-ups）則進一步幫忙擴大知識範圍。川普（Donald Trump）擔任美國總統任內（2017-2021）製造不少話題，讓口譯課與新聞編課堂上獲得許多翻譯與討論素材。兩次的「川金會」（North Korea - United States Summit）分別於2018年和2019年在新加坡與越南河內舉行，延伸出的追蹤報導繁多，從輕鬆到嚴肅議題，涵蓋旅遊美食到選址考量、維安部署、國家城市歷史，以及東協（ASEAN）的角色功能等，甚至包含以越南為故事背景的知名文學作品《沉靜的美國人》（*The Quiet American*, 1955）及其2002年的同名電影改編。譯者從一連串的國內外後續新聞中，盡量拓展知識，廣讀不同

觀點，培養探索與連結議題的能力。此外，不同華文媒體對重要名稱的不同譯名（如：臺灣慣稱的「川金會」與「東協」在其他華語地區域有不同說法），也成了譯者需要整理對照的小功課。

　　最後，關注時事或培養領域知識並非只為「事情」本身，更重要的是為了得知「人」的看法。知道不同的學科訓練或文化背景人士如何思考或理解一件事，譯者對訊息的傳遞會更精準到位；知道各領域人士如何看待自身領域事務與發展，譯者便能更好地掌握講者的思路，讓傳譯確實有效。舉例來說，譯者如果固定閱讀《康健》雜誌或醫院發行的衛教通訊，久而久之便知道出版者如何以普羅大眾的語言解釋艱深的專業知識；若長期閱讀《金融時報》（*Financial Times*），會慢慢從中認識企業領導人如何看待當下及未來的的投資或理財趨勢。譯者從「人」與「事」中累積見解（insights），從中學會更真實、更深入地觀察事件，相信會逐漸增加譯事的深度與厚度，成為「有內容」的翻譯人（更多見〈長時間的閱讀是一種能耐〉章節）。

觀察時事中的口譯活動

　　對於已接受過基礎口譯訓練的人，可以試著探究時事中出現的口譯活動，加深對口譯實際運作的認識。COVID-19疫情期間，臺灣媒體關注的幾件國際外交事務，都伴隨口譯環節，提供口譯課堂即時性的觀察素材，像是：美國衛生部長阿札爾（Alex Azar II）訪臺（2020）[22]、帛琉總統惠恕仁（Surangel S. Whipps Jr.）率團抵臺討論「臺帛旅遊泡泡」

---

[22]　《20200810總統接見美國衛生部長阿札爾（Alex Azar II）》，總統府，YouTube，2020年8月10日。網路。

事宜（2021）[23]，以及「中美阿拉斯加會談」（2021）[24]等，當中採用的口譯模式、有稿與無稿的口譯表現、譯者的位置和服儀態度等，都是可與課堂所學相互觀照的實務面相。

　　「阿拉斯加會談」的討論最費心力，需要提前準備下列事項：提供影片連結與逐字稿、耐心觀看1小時左右的錄影片段、關注美方與不同華文媒體的報導焦點，以及透過線上即時互動工具（如：Slido或Pigeonhole Live）隨時留言，讓大家事先提出與口譯相關的疑問或看法，上課時再彼此討論。學生的提問反映出對事件的思考，諸如：

「想請問通常這種國際政治會議方面的口譯，是否都會先與發言者溝通？或是先拿到講稿呢？」
「在會議開始前幾分鐘，美方譯者和美國國務卿Blinken似乎沒有搭配好發言的節奏，導致他們互相中斷發言。請問這是否能由雙方提早溝通好，或是需要由譯者在現場觀察呢？」
「譯者在翻譯的當下是握有對那段時間全然的掌控權的嗎？因為中方譯者在翻譯有關民調那部分的時候被楊外交官打斷，這樣是不是會破壞翻譯的流暢性。還是譯者應該要保持彈性，在被打斷的時候即時更正？」
「這還要翻嗎？翻吧你。It's a test for our interpreter.」這句話是要展現幽默，緩和會場的緊繃感嗎？但是好像聽起來不太尊重口譯。」
「從會議影片聽起來，中方譯者的發言角度與口吻是以中方視角為出發點的，但是美方譯者似乎比較偏向依照自己聽到的關鍵字直翻並稍微做

---

[23]　《【完整公開】LIVE 帛琉總統惠恕仁抵台 吳釗燮親接機》，台視新聞，YouTube，2021年3月28日。網路。
[24]　《【完整版】中美高層戰略對話現場全記錄U.S.-China Summit in Alaska [Full Version]》，東方衛視環球交叉點，YouTube，2021年3月22日。網路。

延伸（加油添醋？）。請問如果美方譯者改變口吻與用詞的話，聽感是否會更佳？」

「兩方若皆找第三方國家的口譯進行翻譯，是否能消除一定程度的主觀性？若是如此，找什麼樣的國家較適合？」

「口譯時的語言方向以進母語爲主，但美中兩方的口譯皆是進L2，這和外交場合有關係嗎？用自己的國民來傳達本國立場？」

「在外交場合中，口譯員的職責是翻譯，還是傳達政府意念？」

　　平常口譯課著重技巧實作練習，當週則像是一場口譯研討會，大家藉由上述問題，思考與討論不同的口譯做法。若遇到疑問，也立即上網搜尋資料，提出新的發現，像是：楊潔篪原來是翻譯出身，據報導有糾正翻譯的習慣；[25]美方口譯員鐘嵐（Lam Chung-Pollpeter），畢業自美國明德大學蒙特瑞國際研究學院（Middlebury Institute of International Studies at Monterey），受過專業口譯訓練，已多次爲美國政府提供口譯服務。[26]這些即時的資訊都會讓彼此再次思考原先的提問，藉由持續的討論，更加認識口譯實務。

　　透過一場討論外交場域中的口譯活動，大家不僅觀察到不同的意識型態或價值觀論辯，也注意到不同文化對口譯員表現和口譯的實際運作，似乎有著不同的期待。此外，雙方對話中提及的政府間論壇（如：「四方安全對話」〔Quadrilateral Security Dialogue, QSD〕）與國際維權運動（如：「黑人的命也是命」〔Black Lives Matter, BLM〕），也順帶增加譯者的國際事務識能。

---

[25]　陳君碩：〈程序錙銖必較　翻譯細節藏玄機〉，《中時新聞網》，2021年3月20日。網路。

[26]　連兆鋒：〈美方紫髮女翻譯身份曝光　中美會談前特朗普「御用」〉，《香港經濟日報》，2021年3月25日。網路。

🍃 口譯模式 🍃

　　口譯（亦稱「傳譯」）最為人熟知的兩種主要模式是「逐步口譯」（Consecutive Interpreting, CI）和「同步口譯」（Simultaneous Interpreting, SI）。不同的華語地區有不同的習慣說法，其他常見用語有：

逐步口譯（逐口）：交替傳譯（交傳）、連／接續傳譯、即席／場傳譯
同步口譯（同口）：同聲傳譯（同傳）、即時口／傳譯

其他尚有「耳語口譯」（Whispering Interpreting or Chuchotage）、「同逐步口譯」（Simultaneous Consecutive Interpreting）與「視譯」（Sight Translation/Interpreting）等。

逐步口譯

　　逐步口譯指的是「先說後譯」。講者說一句話、一個段落或幾分鐘之後，暫時停下，由譯者接續口譯，一直持續交替至演說或對話結束。常見場合有商務會談、記者會、產品發表會、留學教育展、警局訊問與醫療場所等。口譯員通常單打獨鬥，一個人撐完全局。除了要承受群眾目光，口譯品質的好壞完全攤在大庭廣眾前。

　　不過，有時在重大的國際學術會議上，特別是眾所矚目的主題演講場次，觀眾慕講者之名前來，人數可能上百，且事前已在網路社群媒體上引發熱議，主辦方為求慎重，可能會安排兩位逐步口譯員上場。輪替時，第二位口譯員會從後臺出來，在第一位口譯員身側斜後方就定位，

先聆聽數十秒，接著單手輕放在第一位口譯員肩膀上，示意準備接手。第一位口譯員在完成當下口譯後，往旁邊挪步，離開舞臺，第二位口譯員立刻站到麥克風前，接續口譯任務。

　　有時候，講者會選擇與口譯員一起在舞臺側邊並肩而站，將舞臺焦點留給巨大銀幕上的投影片。講者與口譯員若彼此認識或事先溝通過合作方式，此時的演說與口譯便宛如雙人簡報（duet presentation），演說與傳譯節奏明快，現場氣氛熱絡。

　　逐步口譯又分爲「短逐步」（short CI）與「長逐步」（long CI），前者主要依靠記憶，後者大多仰仗筆記：

短逐步

　　最少可能1字，或2至3句便暫停，至多1分鐘左右。譯者通常單憑記憶即可完成，適合也常見於不同性質的隨行口譯（escort interpreting），如：商務、展場或旅遊。課程訓練也可能採取此模式（只要講師與譯者溝通好）。短逐步的訊息處理節奏力求明快，源語與譯語之間避免出現延宕，但因源語的句長或段落訊息相對短少，口譯員可能容易碰到理解不足，便須開始口譯的狀況。

長逐步

　　一般至少維持一個大段落或1.5分鐘以上，通常落在3至5分鐘，甚至可能長達15或20分鐘，端視個別情況而定。譯者顯然無法單憑記憶完成，必須仰賴筆記輔助，方能完整轉述源語內容。講者除非不停地讀稿，談話中的空白或停頓（gaps），有助於譯者在筆記上快速連結信息間的邏輯關係。

同步口譯

同步口譯指的是「說譯並行」。講者說話的同時，譯者立刻跟上口譯，就像是兩個人同時在演說，但中間並非完全零時差。譯者必先聽見訊息才有辦法口譯，因此實際運作上，是源語先行，譯語伴隨（concomitantly）。講者與譯者之間通常存在3至5秒的延遲（lag）或時間落差（ear-voice span, EVS，聽譯時間差，亦常以法文décalage表示）。此外，除非講者停頓，口譯過程會一直持續，無法中斷。

同步口譯並不是自然的說話或訊息處理方式。一般人不會與另一個人幾乎同時說上一大段話，也不會用另一種語言重複對方正在說的話，而自己說話的同時，又繼續聽對方說話。這有違人腦的正常運作，因而同步口譯員的養成極為嚴苛，在「一心多用」（multi-tasking，分神、多工作業或是多任務處理）的能力上，更是須要刻意練習，長期密集訓練。

同步口譯員雖然隱身現聲，不用承受大眾視線，但專注力與聽譯同步的高要求，是嚴峻不過的考驗。在戴著耳機聽源語的同時，又要監聽自己的譯語，聽與說語音重疊，難免出現不自知的口誤。例如：2022年8月，美國眾議院議長裴洛西（Nancy Pelosi）訪臺，在總統府的致詞後，接受媒體提問，多家電視臺在轉播中安排同步口譯服務。當時，某電視臺的口譯員在翻譯了15至20分鐘左右，可能感到疲倦又無搭檔替換，便不小心出現「……香港及臺灣受到臺灣打壓……」的不合邏輯譯文（非講者口誤）。相信電視機前的觀眾當下雖感突兀，但可理解那非譯者本意，也體諒同步口譯的難為。

如果想感受一下同步口譯員有多耗心神、同步口譯過程有多不容易，可以上網找部臺語、客語或任何一種原住民語的影片（但要確定自己能聽懂），以主持介紹或旁白為佳，按下播放鍵，便開始同步口譯成中文。看看自己可以持續說上多久、有沒有跳譯、有沒有這一句還沒譯

完就忙著譯下一句、有沒有詞窮又結巴、有沒有聽懂卻譯不出，而留下長得令人尷尬的靜默。

　　同步口譯常見於大規模的現場活動與實況轉播（如：國際賽事或頒獎典禮），或是涉及多語言的大型會議（如：聯合國、歐盟或世衛等國際組織舉行的各種會議）。大小型的國際學術研討會與專業論談（如：醫學、建築、能源技術等）也都有可能使用同步口譯，服務與會人士。在多語共融的歐洲大陸，亦常見只有數人參與的跨國商務簡報，特別是與亞非國家或阿拉伯世界的商談，為求時間效益，安排同步口譯服務。口譯員可能整天或整個星期都在飯店、會議中心裡的不同會議室，或是有口譯視聽設備的辦公室裡，輪流轉場口譯。

　　同步口譯又分為「有設備」與「無設備」兩種：

有設備的同步口譯

(1) 口譯廂內

　　通常是兩名口譯員坐在隔音口譯廂（亦稱「同傳廂」或「翻譯間」）裡，透過中控臺連結的耳機與麥克風，一邊收聽、一邊口譯，觀眾則仰賴各自桌上的中控臺與耳機，選擇語言頻道收聽口譯內容。如果口譯廂非場所原本固有，而是在現場組裝拆卸，現場會提供耳機與接收器的租借。

　　口譯廂通常設置於觀眾席後面，方便口譯員透過前面的玻璃窗，觀察臺上講者的神情、肢體動作，以及出現在布幕或電視上的投影片（口譯廂內的電腦螢幕也會有）。如果口譯廂位於舞臺下方兩側，最好在前方與左右兩側都有玻璃窗，方便口譯員觀看全場。

　　同步口譯極耗損心力，因此兩位口譯員可能每15分鐘換手，但通常是每20至30分鐘輪替，或是趁講者停頓時迅速交換。暫時休息的口譯員

在旁準備下一輪口譯，或是從旁協助正在口譯的搭檔，如：幫忙上網查閱資訊，或是在對方遇上困難時，手寫提示，隨時救援。

　　口譯廂內的各種動作和聲響，像是咳嗽、翻閱紙張、開瓶蓋、喝水、物品掉落等，當然也包括譯者之間的交談，都會透過收音敏感的麥克風傳到觀眾的耳機，因此口譯員要記住中控臺上的靜音鍵（mute button）位置，避免對觀眾造成不必要的干擾，也防止自己出糗。

(2) 口譯廂外

　　無論是學校教學或口譯現場，並非每個組織單位都有建置固定口譯廂，也不見得有充裕經費租借活動式口譯廂，此時便可藉助輕便可攜帶的同步口譯系統（類似無線導覽用途的「小蜜蜂」）。不同系統有不同的操作方式，通常是口譯員的麥克風連結發射器，觀眾的耳機連結接收器，只要在發射器與接收器之間設定好語言選擇頻道，口譯員說話時，觀眾便能收聽。

　　「小蜜蜂」輕巧機動，隨時隨地可以使用，特別適合參訪導覽、實作訓練或是工作坊等小型場合。在教學現場，對絕大多數未來不從事專業口譯的學生而言，練習使用「小蜜蜂」也是有趣的學習體驗，藉機體會口譯工作的難處。

　　此種同步口譯模式並不適用於中大型會議或研討會。口譯廂外的現場環境充滿各種嘈雜聲，講者、口譯員、觀眾共處一室，還有工作人員穿梭其中，或是來賓陸續進離場，對嚴格講求專注力同步口譯是巨大挑戰。此外，口譯員必須壓低聲量，違反平常說話習慣，聲帶變得緊繃，持續一段時間下來容易疲累，有時不知不覺聲量便大了起來。

　　上課時，曾有觀眾同學抗議口譯員同學聲量太大，讓想要聽講者原聲的他們無法好好聆聽，已經受盡打擾的譯者則委屈回應「你行，你來！」在教學現場，同學間彼此笑鬧，但在工作現場，口譯員可能不免覺得尷尬了。

無設備的同步口譯

有一種近距離的同步口譯形式，不需要任何電子工具或設備，由譯者當面口譯給客戶聽，稱為「耳語口譯」或是「耳語同傳」（英文：Whispering Interpreting；法文：Chuchotage）。如果一場活動中只有一、兩名與會人士需要口譯服務，口譯員會靠近客戶身後的左側或右側，或站或坐，直接向對方「咬耳朵」，小聲地口譯，避免所有人受到口譯員的話音干擾，讓活動得以順利進行。

口譯員一次至多服務兩名客戶，三位以上難以維持輕聲口譯。服務對象如果要發言，口譯員便轉換成逐步口譯，大聲譯出內容，讓其他參與者聽見。除了小團體，重要的政治或商務領袖的雙人對談，也會採用此種口譯方式，且各有各的口譯員隨行在側。

耳語口譯員與口譯廂外的同步口譯員一樣，皆須壓低聲調說話，而環境中的各種聲響都可能分散他們的注意力，進而影響口譯品質。而且，儘管耳語傳譯輕聲進行，但仍可能干擾到靠近譯者與服務對象周圍的聽眾。在COVID-19疫情期間，近身口譯更讓口譯員及服務對象備感壓力。若能搭配上述提及的「小蜜蜂」，保持合適距離，對雙方及其他參與人士都會比較安全。

耳語傳譯「搭檔」逐步口譯

耳語傳譯與逐步口譯若互相搭配，便能同時服務個人與群眾。某次課堂，一位曾旅居日本的講者應邀前來演說，題目有關臺日文化差異。觀眾席裡有一名日本來賓，完全聽不懂中文，為此特別安排班上一名懂日文的同學提早準備，模擬當日可能出現的口譯狀況。當天，該名同學坐在日本觀眾身側，事先雖已調查講者背景，也依據講題大綱盡量研究相關資料，但畢竟還在學習階段，便主動與對方商量好以摘譯方式

（summarising）做耳語傳譯。問答時間，講者邀請來賓上臺分享個人經驗與看法，並接受學生提問，此階段則轉換爲逐步口譯，口譯員同學大聲爲臺上及臺下傳達問答內容。

　　日韓明星來臺接受採訪時，也常見耳語傳譯與逐步口譯的相互搭配。例如：影片[27]中的日本藝人AKIRA（黑澤良平）受訪時，戴著口罩的口譯員隨行在側，跟著他移動到記者群中。主持人提問時，口譯員則靠近AKIRA身旁或身後，以對方聽得到的聲量傳譯；AKIRA回答問題時，時間從數秒到將近一分鐘不等，口譯員聽完之後（不做筆記），隨即拿起手上麥克風，向主持人及記者口譯。

同逐步口譯

　　1999年，歐盟口譯員費拉里（Michele Ferrari）藉助掌上型電腦進行口譯，之後又陸續使用有錄音功能的筆電或是錄音筆進行幾次實驗，一種混合同步口譯和逐步口譯的新形態「同逐步口譯」（Simultaneous Consecutive Interpreting; SimConsec; Digitally Remastered Consecutive Interpreting）於是誕生。此種口譯模式因數位科技而出現，藉「數位修復」（digitally remastered）的概念，將逐步口譯以同步口譯的方式表現出來。

　　同逐步口譯的運作方式如下：講者發言時，口譯員專心聆聽，同時以錄音筆或智慧型手機錄音，輪到自己口譯時，回放錄音，從耳機裡邊聽邊譯，於是「先逐步、後同步」的口譯方式便形成了。在這樣的模式中，口譯員總共有兩次聆聽談話的機會，第一次聽眞人，第二次聽音

[27] 〈AKIRA露面撂中文：當爸爸不累 放閃林志玲「眞的感謝她」〉，《ETtoday星光雲》，2022年10月15日，網路。

檔。若有任何理解上的困難，都可以在純粹聆聽的第一階段想好對策，
到了聽譯的第二階段，便能傳譯無礙。

　　在較為進階的數位工具應用上，智慧筆（smartpen）與智慧紙
（smartpaper）一起創造出筆記自帶錄音的功能，減輕口譯員在筆記和
記憶雙方面的負擔。透過軟體輔助，手寫在智慧紙上的筆記可以即時傳
輸到平板或手機上，而智慧紙上的錄音鍵能夠在書寫筆記時錄下話聲，
以「pencast」（暫譯：筆播，文字podcast之意）形式保存。譯者無須寫
下所有字句，只要簡單記下提示字詞或短語，點擊該處時，與之對應的
語音片段（snippet of information）便會自動播放，方便譯者同時讀／聽
譯。甚至，口譯員根本無須筆記，只要全神貫注聆聽，再聚精會神口譯
即可。

　　起初，同逐步口譯的模式是以尊重講者發言內容為出發點，希望
為困難、訊息密度高且語速快的談話尋求解方，將講者所欲傳遞的訊息
完整轉達給觀眾。透過此口譯模式，口譯員因為先行聽過一次談話，在
第二次要口譯時自然較有信心，也確實能更完整（complete）、更精確
（accurate and precise）、更順暢（fluent）地傳譯。對於長篇大論的談
話，無論持續多久，口譯員都不用擔心自己腦裡或手上記不住所有內
容，只要藉助「數位還原」（即錄音回放）之力，便能如實以譯語重現
源語內容。

　　然而在實際操作上，同逐步口譯有必須謹慎考量的問題與挑戰，
像是：

(1) 口譯員忙於同步口譯所有的源語訊息時，訊息不再有主副之分，連
　　多餘累贅的話語資訊都會一字不漏地譯出來。
(2) 口譯員與觀眾之間減少眼神接觸，可是在一些談話情境中（如：談
　　判與醫療），溝通的雙方，乃至包含譯者的三方非語言互動，是經
　　營當下友好關係的重要一環。

(3) 同逐步口譯適合訊息要求高度精準還原的場合（如：外交與法庭），但錄音對敏感談話恐怕涉及保密、隱私或智慧財產權爭議，也違反職業倫理。

(4) 口譯中多加一道數位工具的操作程序，對於多工處理（multi-tasking）到底是助力或是阻力，取決於譯者本人的工作習慣與科技識能。

　　無論如何，在數位浪潮下，同逐步口譯模式的出現確實為口譯訓練提供新視野、新方向，至於課堂上是否可行，還有在實際口譯場合裡的運用情況，顯然需要更多研究及實務相互驗證。[⑧]

視譯

　　視譯像是筆譯和口譯的混合，結合前者的閱讀與後者的口說。雖說視譯的英文向來慣以「sight translation」表示，但「sight interpreting」更貼近其本質。顧名思義，視譯的概念是「讀譯」（interpret what you read），將書面訊息轉換為口語訊息，意即眼睛看著源語或心裡默讀源

[⑧] 此段譯寫參考資料：Marc Orlando and Jim Hlavac, 'Simultaneous-Consecutive in Interpreter Training and Interpreting Practice: Use and Perceptions of a Hybrid Mode', *The Interpreters' Newsletter*, 25 (2020), 1-17 (p. 3); Miriam Hamidi and Franz Pöchhacker, 'Simultaneous Consecutive Interpreting: A New Technique Put to the Test', *Meta*, 52.2 (2007), 276-289 (p. 277); Marc Orlando, 'A Study on the Amenability of Digital Pen Technology in a Hybrid Mode of Interpreting: Consec-Simul with Notes', *Translation and Interpreting*, 6.2 (2014), 39-54 (pp. 39-40); 'Livescribe 3 Smartpen', *Livescribe Inc. (US)* (2023). Web.

語，大腦同時在理解、分析來源文本，接著以譯語說出來。

　　作爲口譯的一個類別，視譯常被視爲是訓練同步口譯的前導課程，兩者皆有「現場、即時」（on-site, real-time）的特質，重視口譯員的臨場反應、短期記憶與分神能力。有些口譯員覺得視譯比逐步或同步口譯困難，因爲當需要破譯的訊息從耳機裡的聲音轉爲紙上文字，他們發現自己很難專注在意義的解讀上。[29]擁有豐富口譯經驗的蔡嘉瑩（現爲臺師大譯研所助理教授）便直言，視譯並不比逐步或同步口譯容易掌握，比起視譯，學生時期的她在同步口譯上出的包，反而少上許多（much less problematically）。[30]換句話說，文字不似聲音轉瞬即逝；文字會牢牢印在白紙上，一直出現在譯者眼前，對他們形成干擾。視譯練習時，學生便常遭遇如下阻礙：

(1) 出現逐字（word-to-word）傳譯的傾向，無法聚焦於訊息拆解（message-to-message）。
(2) 口譯容易受到原文束縛（constraint of words），致使譯文失去彈性，顯得僵硬不自然。
(3) 想譯出看到的每一個語句而陷入冗長囉嗦（wordy）的窘境。

　　視譯常運用在社區口譯（Community Interpreting）場域，主要爲司法通譯（Legal Interpreting）與醫療口譯（Healthcare Interpreting）。前

---

[29] Holly Mikkelson, 'Introduction to the Sight Translation Chapter (from The Interpreter's Edge, Generic Edition)', *ACEBO* (2023). Web.

[30] Nancy Tsai, 'Machine Translation and the Repositioning of "Sight Translation" in the Curriculum', unpublished paper delivered at 'The 27th International Symposium on Translation and Interpreting Teaching,' (NUCE, 6 May, 2023), pp. 95-102.

者常見同步口譯、逐步口譯與視譯輪替使用，後者則仰賴逐步口譯與視譯的搭配。警局偵訊與法庭審理過程中涉及的各種文書，如：筆錄、訴狀、保釋條件、判決書、證供、遺囑或各種條文等，都需要仰賴視譯；病人就診時的各項文件說明，如：掛號或回診單、病歷、檢查通知、手術同意書、用藥須知或疫苗接種副作用告知等，一樣要經由視譯，將資訊傳達給病人或陪病者。

　　考量視譯經常應用於司法和醫療場域，因此在尋找合適的練習題材時，可以考慮指引（guidelines）或指示須知（instructions）類型的文本，如下文：

Wound dressing
· Following surgery, keep the wound clean and dry.
· The dressing should be removed and wounds covered with adhesive bandages on the first or second day after surgery.
· Do not remove the paper strips or cut any of the visible sutures.
· Reapply the ace wrap, if applicable, for 5-7 days to control swelling.
· Wounds should be kept dry for 48 hours.
· Unless otherwise instructed, the 5th day after surgery the wound may be exposed in the shower, taking care not to scrub the area.
· The wound should not be submerged in a bathtub or pool until the sutures are removed.[31]

　　雖然視譯常用於法務與醫病場合，但於一般日常和工作場合中亦非罕見。只要當下情境涉及外籍人士，需要協助他們處理文書庶務，像是

---

[31] 'Post-Operative (After Surgery) General Instructions', *UK (University of Kentucky) HealthCare*. Web.

手機門號方案、家用網路申請、學校或工作錄取通知書、銀行對帳單、報稅填表、貿易往來信件、房屋租賃契約等，便需要藉助視譯（技巧說明見〈視譯技巧是一門技術活〉章節）。

逐步口譯、同步口譯，各有挑戰

（一）時間

　　逐步口譯因為說譯接力，兩者相加所花費的時間幾乎加倍。為節省源語和譯語所耗費的雙重時間，視不同情境與需求，在保持訊息完整的前提下，口譯時間通常會縮短為源語長度的3/4或2/3，否則講者與觀眾可能會因等待而感到無聊。有時客戶會因時間限制要求摘譯（summarising），口譯長度則會縮短為源語的1/2，甚至是1/3左右。若遇特殊場合，如：法庭審判或重大外交會談，嚴格要求字句的忠實與完整，則另當別論。

　　同步口譯講究說譯的即時（immediacy），口譯員的聽譯時間差要盡量縮短。落差太低，如少於2秒，口譯員可能無法掌握足夠的源語內容，難以產出有效、有意義的譯文；落差太高，如多於10秒，口譯員便須仰賴短期記憶，邊聽邊記邊譯的層層疊加過程，容易造成漏譯或誤譯。若時間差在10秒以上，同步口譯便成了逐步口譯了。

（二）問題釐清

　　確保訊息精確（accuracy）是口譯員最重要（of paramount importance）的責任，是基本的職業道德。因此，在逐步口譯的模式下，倘若口譯員出自各種人為和環境因素，當場無法理解訊息，可以當著觀眾的面，直接向講者請求釐清問題，最忌諱不懂裝懂，產生誤譯。

　　不過，儘管口譯員可以當面向講者求證，最好還是事不過三（單一

場次盡量別問到第三次）。一直詢問不僅影響談話與口譯節奏，也容易讓講者與觀眾懷疑口譯能力。一些特殊場合，像是眾所矚目的國際級外交會談，恐怕亦不合適譯者釐清問題，因為雙方領袖或代表可能一發言或讀稿便是5分鐘、10分鐘，甚至更久，面對口譯員的提問，講者不見得可以立刻回溯，即使能夠，澄清與說明都會拉長會議時間，進而延誤後續行程。

在一般非重大性質的口譯場合，例如：小型的文藝交流，若有幸遇上與口譯員有過合作經驗的講者，明白口譯員前來協助他們向觀眾傳達想法，是共同合作的夥伴，會體貼地主動為口譯員換句話說，或加以解釋，讓訊息傳遞更流暢。碰到中譯英的工作任務，還有聽得懂英文的講者會仔細聆聽口譯，擔心口譯員可能不熟悉專有名詞，偷偷地在臺上輕聲給口譯員提供專有名詞，雖然透過麥克風傳到全場，引起全場笑聲，但講者的善意也瞬間讓演講場合充滿溫暖愉悅的氣氛，賓主盡歡。

至於同步口譯的模式，口譯員完全無法央請講者釐清訊息，只能仰賴平日不斷累積的功力、腦海裡當下可以回想得起的資訊、講者暫停的空檔（如有），或搭檔的即時救援。

口譯訓練的網站資源

在以會議口譯訓練為導向的課堂上，無論是同步或逐步口譯，通常以正式發言（formal talks）為主，因此，公開形式的演說、講課、致詞、感言等，經常成為練習素材。YouTube跟TED Talks是許多人喜歡利用的網路資源，只要輸入關鍵詞，便立刻獲得豐富多元的搜尋結果。缺點是自己得從巨量資訊中仔細挑選合適題材，有時練習到一半，還可能發現太難而放棄，或是過於簡單而失去訓練效果，徒耗許多不必要浪費的心力（雖然過程中也會培養出如何有效率地搜尋資訊能力）。

　　如果需要以口譯訓練爲主，且已過濾、重製過的練習題材，歐盟口譯訓練的數位學習平臺「Speech Repository」（暫譯：演說資料庫，https://webgate.ec.europa.eu/sr/）是理想的自學工具。無論是口譯初學者或專業口譯員，都可以從中尋得感興趣或是合適自身程度的議題。網站收錄的演說語言有30種以上，主題從「一般」（general）到「氣候」（climate），分成6個領域，而實際上的議題多達數十樣。等級由「基礎」（basic）依序進階至「最高」（very advanced），共分5級，由專業譯者和／或口譯培訓師協助判定級別。以中、英語演說爲例，基礎題材多用於逐步口譯練習，平均長度爲3分鐘；進、高階級通常維持5至20分鐘左右；最高階的練習可達半小時，專門針對同步口譯訓練。演說類型則分爲「眞實演說」（real-life speeches）和「教學題材」（pedagogical material）兩種：前者收錄口譯現場中的演講和簡報；後者選錄講者部分發言內容，再由專業譯者和／或口譯培訓師重新錄製，讓語速和發音適合教學與學習用途。無論是何種類別和級別的題材，網站都會提供演說影片、內容簡述和術語。若是高級別的會議演說（high-level meetings），顧及訊息密度與口譯難度皆高（dense and demanding），則會提供完整影片及全文轉錄稿的網頁連結。

　　另一個口譯學習的網路資源是「Vital Speeches of Recent Weeks」（暫譯：近期重要演講），內容節選自以下兩本月刊：*Vital Speeches of the Day*（暫譯：《今日重要演講》，以美國境內演說爲主）和*Vital Speeches International*（暫譯：《國際重要演講》，主要收錄美國境外具影響力的演說）。收錄的講者遍及全球各領域，從現任英國首相蘇納克（Rishi Sunak）的就職演說[32]到美國流行歌手泰勒絲（Taylor Swift）

---

[32] Rishi Sunak, 'I Will Unite Our Country, Not with Words, But with Action', *Pro Rhetoric*, 26 October, 2022. Web.

的詞曲創作獲獎致詞[33]，內容豐富多元。學習者可以在網站上閱覽逐字轉錄稿，也可訂閱免費的「Vital Speech of the Week」（暫譯：本週重要演講）電子郵件寄送服務，定期更新世界重要談話之餘，也提醒自己保持口譯技巧的練習。不過，網站上的演講大多只提供文字稿，少數才附上影片，若需搭配實際影音練習，可搜尋所需影片是否在YouTube或其他媒體平臺公開播放。

　　口譯初學者則可在「Speech Pool」（暫譯：演說池，speechpool.net）上試試水溫。Speech Pool由歐盟專業口譯員暨培訓師史密斯（Sophie Llewellyn Smith）為口譯學生設立，希望幫助學生練習口譯技巧。起初的發想概念是「由學生製作，為學生服務」（produced by students for students），但實際參與錄製的人，從口譯學生到專業口譯員都有。截至2022年12月，累計影片已逾千，以英語為主，亦收錄其他語言，包含中文在內，全都無償提供、免費使用。每部上傳的影片清楚標示難易程度（1顆星至5顆星）、講者口音、適合練習的口譯模式，同時提供術語和參考資料來源或網路連結，方便學生事先準備。

❧　技巧學習　❧

照相般的記憶：此去再無Kaminker！

　　據說，口譯史上的傳奇人物卡明克（André Kaminker, 1888-1961）精通法英德西四種語言，為國際聯盟（League of Nations，後來的聯合

---

[33] Taylor Swift, 'Three Categories for the Songs I Write', *Pro Rhetoric*, 28 September, 2022. Web.

國）工作，擁有超凡的記憶力（a photographic memory），過目成誦，
過耳不忘。聽聞他能夠看完一頁電話簿上的人名後，再按照相同的順序
背出來，也能夠以逐步口譯的模式完成一個多小時的演講，譯文極為精
準（with a high degree of accuracy），且過程中不做任何筆記。[34]

　　一戰與二戰時期，政治領袖演說總是長篇大論，一講20至30分鐘以
上是常態，而當時的規矩是，口譯員不能打斷講者發言（The interpreter
was expected never to interrupt the speaker），而卡明克在不打岔的狀況
下，曾為一位法國外交官口譯長達2.5個小時的演講。[35]雖說這樣的口譯
模式著實缺乏效率，觀眾必須先「鴨子聽雷」般地聽完源語演說，才能
聽到熟悉的譯語，但卡明克展現的「神級」口譯，恐怕再無人能出其右
了。

　　關於卡明克精湛的口譯功力，最傳神的描述，應屬他為祕魯政治家
貝拉溫德（Señor Fernando Belaúnde）口譯時的表現。貝拉溫德善於演
說，某次以西班牙文發表長篇政治談話，隨後卡明克以法語口譯：

> 　　卡明克重現了每一個意義重大的用語、每一個真
> 情流露的停頓、每一個情感懇切的語氣，甚至是
> 每一個充滿戲劇張力的姿勢，而且，完全沒有做
> 任何筆記，末了，他在聽眾如雷的掌聲中坐下。
>
> 　（Kaminker reproduced every significant phrase, every

---

[34] Jesús Baigorri Jalón, *Interpreters at the United Nations: A History*, trans. by Anne Barr (Salamanca: Ediciones Universidad de Salamanca, 2004), pp. 46, 80.

[35] Pavel Palazchenko, *My Years with Gorbachev and Shevardnadze: The Memoir of a Soviet Interpreter* (University Park: Pennsylvania State University Press, 1997), p. 32.

telling pause, every emotional tone and even every dramatic gesture, and, having used no notes at all, sat down amid a thunder of applause.）㊱

口譯完落座，博得滿堂彩，大概是譯者最備受肯定、最感榮耀的時刻了。他的姪子羅伯‧卡明克（Robert Kaminker，退休聯合國口譯員）曾提到，人們常懷疑他叔叔怎麼可能在這麼長的演說中，不靠筆記卻記得所有細節，但事後與筆記、錄音及逐字稿核對後，發現「他真的什麼都沒忘記（It was absolutely he never forgot anything）」。㊲

　　在卡明克所處的時代，即使口譯員習慣長逐步的口譯模式，但絕大多數口譯員除了仰賴記憶，還是很需要筆記的輔助，沒辦法像他那樣，單手以食指和中指抵著耳朵附近㊳，支著微傾的頭，彷彿「入定」一般，手指是傳輸門，把演說內容送入大腦暫存，再經由嘴巴這個揚聲器，幾乎如實傳譯而出。

　　後輩譯者對卡明克的口譯事蹟，各有各的解讀或啓發，當中一項可能是要保有長逐步口譯的能力，而長逐步極其考驗專注力、記憶與筆記的能耐。自一、二戰到今日，時空背景殊異，口譯的實際操作方式也不同，在現下的一般口譯場合，罕見長達15、20分鐘的長逐步，更別說

㊱ Ernest Mason Satow, *Satow's Diplomatic Practice*, ed. by Sir Ivor Roberts, 6th edn (New York: Oxford University Press), p. 343.

㊲ *The Interpreters: A Historical Perspective (Interpreting at the UN 1945-1995) (EN)*. AIIC Interpreters. YouTube. 31 August, 2016. Web.（見10分25秒至11分11秒處）

㊳ 關於卡明克的工作寫真，見Jesús Baigorri Jalón, *Interpreters at the United Nations: A History*, trans. by Anne Barr (Salamanca: Ediciones Universidad de Salamanca, 2004), p. 47。

60分鐘以上的超長逐步了。但對口譯員而言，口譯過程越是專心、技巧越是靈活，配合記憶力與筆記，譯功便越能充分發揮。口譯技能與記憶力訓練越是紮實，除了工作節奏會更流暢，在迎接超乎預期的口譯挑戰時，也會比較有信心。

2021年在「中美阿拉斯加會談」上，中方代表持續16分鐘左右的發言（先不論聽不懂中文的美方代表枯坐等待），應該讓不少口譯學生為口譯員感到不安，同時忍不住自問：「如果是我，我做得到嗎？」再想想卡明克的超群記憶，「是先天遺傳，還是後天練習？或是他耳裡藏了外星人給他的先進翻譯器？」這可能也是許多口譯員心中的疑問。

記憶力

依據《劍橋字典》線上版釋義，「memory」可譯為「記憶、回憶」，即一個人記得學過的知識或發生過的事件，也可譯成「記憶力、記性」，指一個人記住訊息的能力。無論是哪一種口譯模式，對口譯員而言，好記性加上大腦裡儲存的大量訊息（如：知識與經驗），對口譯工作絕對是一大加分。繼續之前，先來練習一下心算：

1. 你到郵局櫃臺提領現金50000元，用來繳納信用卡帳單34900元，請問行員該找給你多少錢？
2. 你正在藥局選購口罩，請問以135元買1盒9個，跟以每個15元購買，換算成單個口罩，哪個比較划算？
3. 麥當勞的快樂兒童餐在英國售價是2.49英鎊（1GBP=38NTD），臺灣則是89元，請問哪一個比較便宜？

發現了嗎？心算需要很強的記憶力，專心記下並暫時保留訊息，再將前

後或新舊訊息相互連結，最後解決眼前的數學問題，同時還要分心記得手邊正在處理的事務，像是繳費或購物。

　　口譯過程與心算有類似之處，都是在處理手邊、當前、短暫存在的訊息，破譯（decode）之後再轉譯（encode），而這個訊息重組的過程會一直持續到口譯任務結束。由於口譯員刻意讓訊息暫留，因此處理訊息的速度要快，否則訊息很快便會自記憶裡消失。無論是逐步或同步口譯，口譯員要拆解的訊息都是眼前正在發生的。他們的注意廣度（attention span）、問題解決（problem-solving）和決策（decision-making）都仰賴強大的記憶力（memory retention）。

　　1956年，認知心理學家米勒（George Miller, 1920-2012）提出一般人的記憶容量（recall capacity）約為7個單位，通常不會多於9，也不會少於5。[39] 2000年，心理學教授考恩（Nelson Cowan）發表論文，檢視歷年相關研究，論證多數人如未特別專心聽一段談話，記憶容量其實是4。[40] 對強力藉助記憶（特別是短期記憶）的口譯員來說，儲存7個單位的訊息應是基本標準（想要測試自己短期記憶的讀者，可以試試「心理學家天地」網站（www.psychologistworld.com/memory/test），30秒內專心看著12個英文單字，看看能夠記得多少）。

　　「記憶」表示人們的學習隨著時間的推移持續存在（learning has persisted over time），代表一個人存取資訊的能力（ability to store and retrieve information）。「記憶」是處理訊息的過程，主要歷經「編碼」

---

[39] George Miller, 'The Magical Number Seven, Plus or Minus Two: Some Limits on Our Capacity for Processing Information', *Psychological Review*, 63.2 (1956) , 81-97.

[40] Nelson Cowan, 'The Magical Number 4 in Short-Term Memory: A Reconsideration of Mental Storage Capacity', *Behavioral and Brain Sciences*, 24 (2000), 87-185.

（encoding）－「儲存」（storage）－「檢索」（retrieval）三個工作階段：先將訊息輸入大腦，保留訊息，然後取出訊息。更進一步解釋，感官記憶（sensory memory）或眼耳會先收錄（register）由外傳入的訊息，瞬間極快地儲存下來，但也容易轉瞬即忘。接下來，感官記憶當中最受到關注的訊息會暫時進入短期記憶（short-term memory, STM），維持數秒的記憶，或是短暫留下7個左右的訊息組塊（chunks of information），像是7個電話號碼數字，但若未使用，就像電腦閒置一段時間後，畫面會出現空白或一片黑，需要喚醒，才會再次運作。最後，短期記憶可能轉換成長期或永久記憶（long-term memory, LTM），短至即使過了一小時，都還粗略記得之前所經歷的事，長至記住一輩子。經由時間的累積與刻意記住，短期記憶會轉入長期記憶。需要的時候，人們自長期記憶中提取訊息，送進短期記憶使用。雖然忘記的事物會隨著時間增加，但基本上，長期記憶的容量是無限的。[41]

短期記憶

不像感官記憶無法透過練習延長留住，短期記憶可以透過練習加深印象，例如：在接收新資訊（如：名字）時，藉由「重複演練」（rehearsal）或「有意識的重複」（conscious repetition）來增強記憶，專注心力處理新的口語訊息（effortful processing）。[42]

腦科學研究專家與譯者洪蘭提過：「短期記憶是儲存在連接兩個神

---

[41] 此段譯寫見David G. Myers, *Psychology*, 5th edn (New York: Worth, 1998), pp. 269, 272, 281-283, 288。

[42] David G. Myers, *Psychology*, 5th edn (New York: Worth, 1998), pp. 273-274.

經元的突觸中，重複做一個行為就會改變這些神經迴路，形成記憶……每次記憶都會促使神經元長出新的突觸連接，活化並改變大腦……刺激神經元會強化短期記憶的突觸，持續強化突觸數天，神經元會長出新的突觸末梢形成長期記憶。」[43]

加強記憶力可以透過間隔重複（spaced repetition），但要經常有意識地練習（conscious effort），並非偶爾來一次大量學習。[44]就像學一門新語言一樣，最有效的方式是每日挪出一些時間練習，逐步加深印象，創造間隔效應（spacing effect），而非一週選一天密集努力。在一段時間內，不斷地將正在學習的知識或技巧送入大腦裡，不斷地刺激大腦，只要重複次數夠多，大腦就會記住新學到的資訊，慢慢形成長期記憶。

工作記憶

口譯工作主要仰賴的是短期或暫時記憶，精確地說，是工作記憶（working memory, WM）。1970年代，心理學教授巴德里（Alan Baddeley）與希奇（Graham Hitch）提出工作記憶的概念，指出短期記憶只負責儲存訊息，而工作記憶除了儲存的功能，還更進一步地處理、執行

[43] 洪蘭：〈記憶 交給電腦就好？〉，《聯合新聞網》，2022年10月22日。網路。

[44] David G. Myers, *Psychology*, 5th edn (New York: Worth, 1998), pp. 273-274.

和操控訊息。至今也一直有研究將工作記憶自短期記憶中細分出來。[45]
教育心理學教授杜立德（Peter Doolittle）對工作記憶有清楚簡明的介
紹，也提出增進記憶力的方法：

> 工作記憶也是在展現多工處理（multi-tasking），
> 讓我們在短時間內，記住當下的體驗或是少量知
> 識，同時追溯長期記憶，從中找出所需訊息，視
> 眼前任務目標，再決定要如何組合及處理訊息。
> 工作記憶的容納能力（capacity）、持續時間（du-
> ration）和注意焦點（focus）都有其侷限，即容易
> 忘記，平均只維持10至20秒左右。提升工作記憶
> 的策略就是立即反覆處理（immediately and repeat-
> edly）—當場解決正在發生的事、重複練習新學
> 的知識；利用意象（imagery）連結新舊訊息；
> 組織（structure）訊息，從中提煉意義（meaning-
> making）。[46]

將這段話應用到口譯工作上，就是口譯員要反覆演練，例如：事先背誦
關鍵用語，或是再三練習各種口譯技巧，直至工作記憶轉入長期記憶，
就像學騎腳踏車那樣，一旦學會便永遠記得。

---

[45] Alan Baddeley and Graham Hitch, 'Working Memory', *Psychology of Learning and Motivation*, 8 (1974), 47-89; Nelson Cowan, 'What Are the Differences Between Long-Term, Short-Term, and Working Memory?', *Progress in Brain Research*, 169 (2008), 323-338.

[46] Peter Doolittle, 'How Your "Working Memory" Makes Sense of the World', *TED Talks*, 23 November, 2013. Web.

　　再者，面對訊息可以透過視覺聯想的輔助，在腦海裡產生畫面，將訊息記得更多、更牢。若是訊息不容易組成圖象，便透過理解、分析、推理與組織（見〈邏輯分析〉章節），在訊息之間建立邏輯連結，避免過耳即忘。

　　口譯工作（特別是同步口譯）會大量調用工作記憶這項認知技能。[47] 口譯員的記憶力或記性不見得比一般人更好，因此需要透過一些方式輔助記憶，或是提高工作記憶容量。一些常見的方式有：聯想、筆記、助記符號（mnemonic），如字首縮寫（acronym），或是將訊息套入易記的韻文或廣告歌曲。誦讀對記憶亦有正面影響。研究指出，比起默讀，有聲朗讀（reading aloud）提供「額外的記憶基礎」（additional basis for memory），不僅能夠提升記憶，也有助於看懂複雜文章——因為大聲讀出文章會比單純看文章的速度慢，加上聲音會輔助記憶，對於理解深奧難懂的學術或法律文本，特別有幫助。[48]

記憶訓練

　　課堂上注重的記憶訓練方式主要有「視覺聯想」與「邏輯分析」，但有時也會視學習狀況，安排一些暖場小活動，為通常讓人緊張的口譯課增加一點小樂趣。以下提供幾個課堂上用過的記憶小練習：

[47] Teresa M. Signorelli and Loraine Obler, 'Working Memory in Simultaneous Interpreters', in *Memory, Language, and Bilingualism: Theoretical and Applied Approaches*, ed. by Jeanette Altarriba and Ludmila Isurin (New Yori: Cambridge University Press, 2012), pp. 95-125.

[48] Sophie Hardach, 'Why You Should Read This Out Loud', *BBC Future*, 18 September, 2020. Web.

1. 由某位學生開始,說「我是(名字或任何事物名稱)」,加上一個肢體動作。接替的學生重複前一位學生說過的話與做過的動作,再添加自己的說話內容與動作。一直重複與疊加訊息至最後一名學生為止。

2. 由某位學生開始,說「我昨天去超市買(物品名稱)」,接替的學生重複前一位學生說過的話,再添加一件自己想買的東西。一直重複與疊加訊息至最後一名學生為止。

3. 在投影片上貼出若干物品圖像(如:蔬果或文具),讓學生觀看30秒後,關掉畫面,穿插一、兩個與圖像內容無關的問題(如:回答簡單算術或注音符號順序),再請他們分別以中、英文回溯投影片上的物品位置。

4. 故事接力:每個小組約5至6人,第一個人以3句話起始一個自創的故事,接續的人重複先前的訊息,再額外添加3句話。倒數第二位必須完成故事,最後一位負責口譯故事內容。

5. 兩人一組,一人先講述一個1.5～2分鐘左右的故事,另一人以相同的語言如實重述一遍。

　　對於前兩個練習,越後面輪到的學生,記憶負荷越大,所幸每一則新添加的訊息,也會被不斷地重複說出來(repeat and read aloud)、在心裡畫出來(sketch),或是表現出動作(do or act),讓最後一名學生盡可能地完整複述所有訊息。

　　需要難度高一些的記憶訓練,可以試試數車牌。先設定一個任意數字或英文字母(例如:5或C),在停車場找到自己的車子前,以英語讀出行經的每一輛車子的車牌號碼(含英文字母),正讀或倒讀皆可,同時刻意記住車子的廠牌與顏色。抵達自己的車子後,快速回想廠牌的種類與數量、車色與數輛,以及看見幾個事先選定的數字或英文字母。

視覺聯想

This is how the story begins.

In a dark, dark town, there was a dark, dark street.

In the dark, dark street, there was a dark, dark house.

In the dark, dark house, there were dark, dark stairs.

Down the dark, dark stairs, there was a dark, dark cellar.

And in the dark, dark cellar, some skeletons live.

There was a big skeleton, and a little skeleton, and a dog skeleton.

Woof![49]

這則可愛的韻文故事，搭上色彩繽紛的動畫，每一行文字都是畫面，只要按照故事的先後順序，像在腦海裡放映動態影像那樣，便能輕鬆記住場景與出場人物。這便是視覺化或圖像記憶（visualisation）。

　　將文字或話語形成畫面代表對訊息的理解與組織。聽見訊息時，主動將聲音訊息轉換為圖像，在腦海裡製造心像（mental imagery），於眼前暫留，幫助自己深刻消化與記憶。以口語文字描述的訊息，如：地理環境、場景鋪陳、事件過程、人物動作或顏色配置等，皆可試著想像成靜態畫面，或是一幕一幕的動態影像。一整段話聽下來，就像在完成一幅畫，在畫的各處逐一添加聽見的細節，也像在製作一齣微型電影，藉畫面加深印象，讓自己當下更能記牢訊息。

　　描述或記敘文本通常涉及時空場景與人物細節，很適合用來練習視覺聯想的技巧，如《深夜小狗神祕習題》的開頭，一邊聽著有聲書時，

---

[49] 歌詞出自《搞笑骷髏頭》（*Funnybones*），英國兒童電視喜劇，1992年在BBC播出12集，每集5分鐘。影片見*FunnyBones-Intro Theme Tune Animated Titles*. Slurpy Studios Animation. YouTube. 17 January, 2018. Web。

似乎也同時「看到」描述的內容：

It was 7 minutes after midnight. The dog was lying on the grass in the middle of the lawn in front of Mrs Shears' house. Its eyes were closed. It looked as if it was running on its side, the way dogs run when they think they are chasing a cat in a dream. But the dog was not running or asleep. The dog was dead. There was a garden fork sticking out of the dog. [...] I went through Mrs Shears' gate, closing it behind me. I walked onto her lawn and knelt beside the dog. I put my hand on the muzzle of the dog. It was still warm.[50]

　　描述物品製程的題材亦適合視覺化記憶，像是電影中常出現的仿真人皮面具。下文是一段影片逐字稿，介紹矽膠面具的製作過程，主要涉及矽膠塗抹、塑型和上色三個階段：

First, a cap is placed over Cassandra's hair. Next, a thin layer of Vaseline over her eyebrows and lashes to keep them from sticking to the mask. Then a crucial step in the process: the gooey stuff. Artists paint her face in quick-drying silicone, starting with the eyes, nose, and mouth. She has to sit motionless for about an hour as the artists brush the icy-cold silicone to her face. It takes about 3 or 4 minutes for the silicone to dry. Then the model's face is wrapped in plaster bandages, rather like a living mummy. The hardened material comes off, followed by the newly created mould, which conforms to the shape of the model's face. At

---

[50]　Mark Haddon, *The Curious Incident of the Dog in the Night-Time* (London: Vintage, 2012), p. 1.

the workshop, the artists create a series of positive and negative masks. A master mould is then prepared. The artists mix a soft silicone with a combination of chemicals, creating a natural colour that's similar to human skin. The mixture is then injected into the master mould. When it's dry, a face is created. A touch of makeup helps bring the skin to life. Eyebrows and lashes are carefully added. It can take up to 3 hours to do one eyebrow. The complete mask has all the aspects of real human skin. It has more than just the look. It has the feel - a record of one person's face, preserved in a moment in time.

　　視覺聯想將細密的文字描述改以速寫畫面串聯起來，幫忙減輕記憶負荷，也更精簡地傳達訊息。文中的次序標示詞（如：first, next, then, followed by）為記憶線索（memory cues），幫忙定序訊息的起始先後。上面的轉錄稿有232字，下面的9句重點就像9個畫面，依序排列，但摘錄出的文字比原來少了1/3有餘，僅72字，卻足以保留影片精華：

1. A cap is placed on Cassandra's hair.
2. Vaseline is brushed over her eyebrows and eyelashes.
3. Artists paint her face in quick-drying silicone.
4. Her face is wrapped in bandages.
5. The hardened material comes off.
6. The artists create a series of positive and negative masks.
7. The artists mix soft silicone and then colour it with chemicals.
8. The mixture is injected into the master mould.

9. Makeup, eyebrows, and eyelashes are added to the skin mask.[51]

以下再提供一個課堂上常用的小練習：

　　美國中央情報局（Central Intelligence Agency, CIA）的網站上，有個「各國概覽」（The World Factbook）選項，點選任一國家後，再於目錄上選取「地理環境」（geography），便會出現有關該國的地理資料，像是周邊鄰國或海域、經緯度、國土面積、地形、海岸線、海拔與土地使用情況等。這些文字描述都可透過繪圖呈現（如：畫地圖與標示方位），加強畫面感的同時，也減輕細密的文字細節所占據的記憶空間。此練習建議兩人一組，一人練習以口語英文將網頁上的書面英文換句話說，另一人則負責圖像筆記跟中文口譯。

邏輯分析

　　雖然圖像記憶比文字記憶更有效率，但並非所有的口語訊息都能夠與畫面一一對應。為了方便記憶，口譯員須要分析與組織接收到的訊息，好譯出聽起來合理、有意義的內容。更明確地說，口譯員要學會辨識源語文裡的邏輯架構，例如：講者的內容是按照時間先後鋪陳，或是依據價值或意義排序？

　　簡單解釋邏輯分析（logical analysis）的聽譯：口譯員關注訊息之間的連結，將訊息放在短期記憶的空間裡或是筆記本的頁面上，想像一個以時間軸或空間軸建造的架構，像疊積木那樣一層又一層，接著在這個範疇裡，對訊息加以分析、重組或串聯之後，再從中理出主要或重點訊息。

---

[51] Paul MacIntyre, *Pathways 4: Listening, Speaking, and Critical Thinking* (Boston: National Geographic Learning, 2013), p. 53.

　　許多人誤以為口譯是一字一句都要譯出來，但譯者的工作不是鸚鵡學舌，聽見什麼便說什麼；譯者也不是翻譯機，輸入什麼便輸出什麼。即使譯出每一個字，也不見得能譯出有效的訊息。翻譯要懂得理出頭緒，即了解發言中的條理脈絡。在某些特殊的場合，像是重大的外交或商業談判、元首的當選或國慶發言、法庭審判或錄口供，口譯員確實必須格外謹慎地處理原文，內容及形式皆不可草率，委託方也極可能嚴格要求逐字逐句口譯，以免誤譯引發誤解或誤觸法律。但無論如何，口譯的前提的是口譯員必須能夠了解源語的意思（idea）；口譯員，甚至是任何人，無法轉譯自己都不了解的訊息。

　　在一般情況下，口譯是在「聽」重點。口譯員需要主動聆聽（active listening），有意識地聽、有意識地預測、分析、組織、歸納訊息。簡單地說，口譯員正在聽取的內容是經過思考的，無論是腦裡記住的資訊或手上寫下的筆記，都是盡量周全考慮（thought out）過的。在聆聽的過程裡，口譯員不見得需要聽懂每一個字、每一句話，而是要「聽出」講者想要表達的意思，識別主要訊息（main message）與次要訊息（sub-message），對其適當取捨，再以另一個語言重現講者的意念與觀點。

　　此處的「聽」（listen）不能只是聽見、聽過（hear），不能像平常聊天聽他人說話、吃飯聽新聞那樣，有聽卻不見得懂。口譯員聆聽發言時，會全神貫注地辨識層次、分析邏輯，判斷講者本意，向聽眾傳達消化過的有效訊息，而非毫不分析地丟出接收到的原始素材。

　　中文聽起來沒問題，不代表英文也會自動沒問題。以「你騎腳踏車也算酒駕」這句話為例，若不經思考便譯為「Riding a bike is also drunk driving」或「You are drunk driving when you ride a bike」，無論是哪個版本的英譯都令人疑惑。譯者需要仔細聽出訊息中的真正含意，像是「You're caught/arrested for cycling drunk」或是「DUI (driving under the influence) laws also apply to bike riders」。

　　口譯拆解的是訊息，不是字句。擁有豐富口譯實務與學術經驗的劉敏華教授強調，口譯的本質是溝通，而文字並非神聖不可侵犯，源文語也非不可變動。[52]日本資深口譯員長井鞠子（Mariko Nagai）亦說過：

> 我們口譯員最終必須了解而且傳達的，並不是演講當中的單字，而是由這些單字所構成的講者「訊息」，還有結論當中的「重點」。這些內容不見得會在演講當中化爲言語。可是，當我們聽到講者説出「應該強化管制二氧化碳排放」，其背後一定帶有「擔心地球暖化」和「注重環境保護」等訊息。口譯員必須以理解這些心思爲前提，愼選一字一句，挑出最適當的譯文。[53]

確切地說，口譯要理解語境脈絡，避免譯出觀眾與口譯員自己都「有聽沒有懂」的無效訊息。

　　除卻前文提及的特殊情境，在一般的場合裡，無論講者是否思路清楚、能否清楚陳述所欲表達的觀點，口譯員都要專心聽譯，過濾及修剪（prune）旁枝末節的訊息，要能判斷轉譯成另一個語言後的內容是否符合道理（如前文的「酒駕」舉例），幫助聽眾更好地理解講者的想法。再引述長井鞠子的觀點：只要能夠確切了解講者想傳達的意思，掌握發言中的核心訊息，儘管談話的結構鬆散，口譯員「也有可能翻譯出論點清晰、訊息性高的演講」。[54]

　　若要更具體地說明什麼是「有效的訊息」（effective message），可以打個比方解釋：有效的訊息就像是發言路線中的路標（signpost），

---

[52] 劉敏華：《逐步口譯與筆記》（臺北：書林，2008），頁13。
[53] 長井鞠子：《口譯人生》，詹慕如譯（臺北：經濟新潮社，2016），頁185。
[54] 同前註，頁186。

口譯員清楚地知道接下來會走的譯文路線（route），有計畫地領著聽眾穿過一條又一條的路徑（path），有些簡單好走，有些蜿蜒迂迴，但口譯員要有能力預測或分析大街（主訊息）小巷（副訊息）路況，在接收到的資訊中展現判斷、歸納的能力，選擇主要道路（核心訊息），繼續前進（解讀），最後抵達終點（destination），即講者想要向聽眾傳達的概念。口譯的過程中，表達方式要清楚易懂有邏輯（clear, understandable and logical），幫助聽眾在講者的言談中穿街過巷（move through），了解話中意涵。

接下來，實際練習訊息的拆解與重組。先來個小小練習，請看這句一般職場上的日常發言：

跟A說請他來討論活動的流程。等一下在5號會議室，2點半，好嗎？對了，請B也一起來。

由於是口語表達，這句話的結構較為鬆散，以標點符號為記，共有6個短語。若不分析訊息，英譯也會有6個短語。若要求譯文要壓縮成一句話，同時必須包含必要的人、時、地等訊息，但不能以「and」連接「tell A」與「ask B」前後兩句，你有什樣的想法？

再加深一點難度。請聽這段英語畢業致詞的開場白（約一分鐘）：

Greetings, family, friends, faculty, alumni, and Congratulations to the class of 2018! I stand before you as a less conventional choice for student speaker because I am not an engineer by training. But before you start questioning the decision of the committee, I would like to tell you why we doctors and engineers share so much in common. We both take time to enjoy the little things in life, such as those little bugs in the human body and those little bugs in our code. We both love working late into the night and on holidays, and we don't stop when we are tired. We only stop once we've found a solution. But, it's not just our achievements or the recognition we receive that motivate us. It is the real impact and indelible marks we leave on others' lives that fulfill us. [55]

　　在開場的歡迎詞之後，致詞者談起醫生與工程師的相似之處。雖沒有出現制式的序數詞（如：第一、第二、第三）當作提示，但「We both...We both...But...」已劃分出邏輯層次，關鍵訊息依序為「除錯」、「解決問題」與「影響力」。只要專心分析這三處的分層概貌，即使未做筆記，相信也能簡述源語中的核心訊息。轉譯時，口譯員也可加上順序詞，讓訊息表達更為清晰。

　　緊急事件的臨時說明是練習邏輯整理的好素材。以下段地震速報（約一分鐘）為例，相信多數電視機前的觀眾可能都是一邊忙著手邊的事，一邊漫不經心地聽。除非刻意、專心地聽，要不然可能隨聽即忘，只知道講者在說明地震最新狀況：

　　　　呃晚上9點41分的喔⋯⋯那個是淺震的喔⋯⋯因為
　　　　主震⋯⋯到剛剛⋯⋯欸⋯⋯2點44分發生的⋯⋯
　　　　那⋯⋯這個主震呢⋯⋯跟昨天的前震⋯⋯6點⋯⋯
　　　　規模6.4的這個前震呢⋯⋯距離有一點點不一
　　　　樣⋯⋯稍微偏北一點⋯⋯大概在臺東市政府的北
　　　　方42公里⋯⋯那它的位置也不在關山鎮，在池上
　　　　鄉喔⋯⋯幾公里，差幾公里，那是，欸，南北

---

[55] 葉采衢：〈《演說全文》首位台灣籍畢業生代表於柏克萊加州大學致詞〉，《柏克萊時報》，YouTube，2018年5月19日。網路。（觀看影片0分15秒至1分20秒處）

方向上差幾公里，深度相差不多，一樣也是7公里，那跟5、6點一樣……那大的震度呢，最大的震度，還是在池上，那池上的震度有6強，跟昨天一樣，那實際上稍微比昨天大一些啦，喔，大一些，但是還是屬於6強的範圍內。⑤⑥

　　地震是無法預知的天然災害，沒有人可以事先擬好談話稿，因此在環境充滿雜音的直播採訪現場，講者的發言難免顯得散亂，而譯者必須努力從中理出觀眾可以立即聽懂的有效訊息，像是：(1)主震發生的時間、地點、震度與深度；(2)前震發生的時間、地點、震度與深度；(3)兩者間的相似或相異處。在不影響主訊息傳遞的情況下，合理刪略次要資訊、重複資訊和不必要的語助詞等，會讓譯文更有品質。

　　我們再試試下段介紹歷史人物的談話（約一分鐘半左右），練習同時聆聽、分析與記憶：

嗨！大家好！歡迎大家來到「課本沒教的：系列」。在這個系列裡面，我會跟各位聊一些以前的課本沒有選入過，但我覺得選了會蠻歡樂的東西。第一集想要跟大家介紹的呢是澎湖的「開澎進士蔡廷蘭」。在19世紀下半葉喔，他是福建臺灣一帶非常有名的文人，那為了參加科舉考試，所以他來來回回坐船去福建好幾次。就在1835年，他某一次考試結束之後，從福建要準備

---

⑤⑥　〈【LIVE直播】池上規模6.8今年最大震　氣象局最新說明〉，《中時新聞網》，YouTube，2022年9月18日。網路。（觀看影片起始至1分05秒處）

坐船回澎湖時，他遇到了颱風，然後他就漂到越南了。話說從頭喔，他大概是在10月左右的時候出航，同行的還有他的弟弟蔡廷陽，不過這一場航程兆頭不太好，一出海呢，他就被海浪打到完全暈船，只能在船艙裡面抱著棉被瑟瑟發抖。隔天，船員又在遠方的天空上，看到一團黑色的雲，對著船直衝過來，沒多久，整艘船就陷到暴風雨當中，船員急急忙忙把貨物丟下海，想要減輕重量，但船還是失控了，整船的人抱頭痛哭，連蔡廷蘭都覺得自己死定了喔，於是他把弟弟叫過來，然後用繩子把兩個人綁在一起，接著呢他就跟船長說，哭有什麼用啊！去把桅杆砍斷啊！我是懷疑他有沒有真的這麼鎮定啦！他剛自己也不是覺得自己死定了嗎？好，但無論如何，桅杆砍斷之後，船就穩定下來了。接下來這艘船在海面上漫無目的地漂了好久，在這中間為了節省淡水，他們只好撈海水，然後來蒸芋頭吃，幾天之後，他們終於靠近陸地了，岸上的小船跑過來招呼他們，雙方一對話發現，欸，語言不通，對方的人呢就用手指寫了「安南」兩個字，蔡廷蘭才發現，喔，我們漂到越南來了。[57]

現在，我們回答以下問題：

---

[57] 朱宥勳：〈【課本沒教的：】如果在越南，一個澎湖人，吟詩可以保命〉，《朱宥勳使出人生攻擊！》，YouTube，2020年6月19日。網路。（觀看影片起始至1分35秒處）

1. 提煉中心主旨（以一句話概述主要訊息，重組大意並避免完全使用源文用語）
2. 辨識談話的輪廓或框架（建構訊息的邏輯層次，如：開場、核心段落、細節開展）
3. 細分每一分層組織裡的訊息鋪陳（涵蓋時間、場地與人物）
4. 濾除次要訊息（選擇不譯也不會影響整體意旨與訊息之間的關聯，或譯了反倒使譯文失焦或訊息分散）
5. 譯出自己整理出來的邏輯脈絡（不須按照源語順序，但不能改變或扭曲原意）

　　經過第一至四階段的思索與分析，是不是更明白講者的發言路徑，更理解談話內容？在練習第五個口譯步驟時，是不是更能體會口譯傳遞的是訊息，不是每一個單詞、字句的對應翻譯，更不是一堆話語資料的堆砌？

　　邏輯分析的目的是為了澈底理解發言。邏輯前後不連貫，容易讓聽的人（包含譯者）失去線索，在講者的發言中迷路。口譯員「聽出」訊息的一道重要工夫，就是知道如何辨識話語中的思路條理，找出訊息之間的連結。

　　《口譯教程》一書提及，一般的訊息結構都有一定的邏輯關係模式，諸如：概括（generalization）、分類（classification）、因果（cause & effect）、對照（comparison & contrast）、排序（sequence）、列舉（list），以及問題與解決（problem & solution）等。[58]

　　無論是在說話或寫作中出現的邏輯結構，通常都會運用到特定的提示詞，即連接前後句子、段落或想法的轉折語（linking or transition

---

[58] 《口譯教程》，雷天放、陳菁主編（上海：上海外語教育出版社，2006），頁18。

words），用以串聯前後語意，讓訊息的傳遞更加順暢完整。這些轉折語提供口譯員線索，標示出結構層次或是訊息關聯，有助於分析言談內容。以下簡單列舉發言中常見的類別與相對應的轉折語：

1. 時間或排序（表示時間先後）：

   to begin with, first/second/third, at last, next, meanwhile, during, as soon as, until now, so far, earlier, later, and then

2. 補充（增加說明，強化先前提過的觀點）：

   and, in addition, also, on top of that, besides, moreover, furthermore, again, as well as, not only...but also..., another view is...

3. 替代選擇（其他選項）：

   instead of, or rather, alternatively

4. 因果（事件或行為的起因與結果）：

   because (of this/that), for, as, since, for that reason, so, as a result, consequently, therefore, it can be seen that...

5. 條件與讓步（前提與妥協）：

   if, only if, unless, even so, even though, admittedly, regardless (of),

6. 比較或相似（連結兩個相似訊息）：

   likewise, in the same way/manner, similarly, equally

7. 對照（顯示兩個相異或相反的訊息；表示衝突）：

   but, still, however, although, (but...) otherwise, instead, unlike, in contrast, on the contrary, on the other hand

8. 強調（突出重點訊息）：

   yes, obviously, notably, especially, surely, most importantly, in particular, indeed, above all, to repeat, without doubt, it is true that..., one example of this/that is..., in that case

9. 例證（連結一般想法與實例，或是支持想要表達的論點，幫助聽／讀

者了解訊息）：

for example/instance, that is, namely, such as, to name a few, as an illustration, including, as follows

10.換句話說（解釋或澄清想法）：

in other words, specifically, that means, to put it another way, to put it differently, that is to say

11.結論（總結陳述）：

in brief, to sum up, in conclusion, in the end, finally, after all, on the whole

　　若需要訓練題材，除了前文提過的演說資料庫（見〈口譯訓練的網站資源〉章節），不同的播客（podcast）平臺（如：SoundOn、Spotify、Stitcher等）提供的中、英文節目類別多元豐富，主題涵蓋政經社文環層面，無所不有。此外，譯者也可藉由逐字稿或是大綱分析，進一步理解講者的思考脈絡，辨識其中的層次鋪陳與行文技巧，從中累積預估（anticipation）文意走向的技能，同時熟悉演說或談話中常見的開場白與結語詞（opening and closing remarks）。

長時間的閱讀是一種能耐

　　在口譯員的養成訓練中，閱讀必不可少（integral）。現代人普遍沒耐心看長文，總是希望無論是文章或影片，都可以用「懶人包」的方式呈現重點，但譯者需要具備處理長文的能耐與毅力（perseverance），不能屈就「要點」（bullet points）的閱讀習慣。如果譯者只閱讀「要點」，要如何幫聽眾消化出「要點」？何況，一場口譯要準備的文件可能高達一、兩百頁，確實須要耐住性子消化資料。

　　閱讀除了幫譯者儲備、更新知識，還有助於擴充長期記憶（long-

term memory, LTM）。譯者儲存的知識越龐大，從中提取至工作記憶
（working memory, WM）使用的速度便越快，對訊息傳遞更有利。對
譯者而言，閱讀是工作任務、是日常生活、是學習進修。長期而大量的
閱讀素養訓練特別能夠展現在三方面：

（一）提升語文造詣：閱讀幫忙口譯員培養文字敏感度、磨練語言表達
　　　能力，讓自己更精確地譯出講者想法，選擇適合聽眾了解的措
　　　辭。課堂上，常會遇到學生譯得毫無章法，造成訊息準確度低
　　　落的狀況，學生有時還會害羞地承認自己不知所云。在釐清問
　　　題出於訊息輸出端，而非輸入端（例如：聽懂英文卻譯不出中
　　　文）之後，會建議解決方式，請對方立刻再試一次，視題材難
　　　易程度，通常會歷經1至3次左右的調整，才能妥善傳遞訊息。然
　　　而口譯現場不是課堂，譯者不可能一直修正譯文。口譯員靠口
　　　才工作，謀生基本便是為自己打造厚實的語言表述能力，努力
　　　讓自己言之有理、言之有序，避免詞不意逮的窘境。
（二）增加話語理解力：閱讀習慣有助於譯者快速掌握發言者話中重
　　　點，精準傳譯。年輕世代傾向圖像式思考，由圖畫及影音資料
　　　中吸取資訊。看文字與看影像的主要不同在於，影像及聲音瞬
　　　間更迭，觀眾大多是被動地接收訊息，直至播放結束；閱讀過
　　　程中，讀者掌握控制權，可以隨時中斷、參照其他資料，也可
　　　以畫重點、做筆記、寫大綱，閱畢回顧總結。隨著數位科技的
　　　進步，網路上的影音資料已可轉錄成文字，印出閱讀或於電腦
　　　上閱覽。透過紙本或電子閱讀，譯者隨時能夠思考、分析內
　　　容，主動彙整訊息、抓取結構、理解文意、擷取重點，還有預
　　　測行文走向，避免不經消化地「以句易／譯句」。
（三）訓練專注力：閱讀的時候，大腦的背外側前額葉皮質（dorsolat-
　　　eral prefrontal cortex）和背側前扣帶迴皮質（dorsal anterior cingu-

late cortex）會受到刺激，而這兩個區域剛好是專注力（concentration）與注意力（attention）負責運作的地方。[59]口譯是需要維持長時間注意力的工作，一場口譯任務有可能因若干不可控因素而長達數小時，甚至更久。曾聽司法通譯友人提起，某次工作遇上突發狀況，從白天進行到晚上，注意力持久度要求之高，讓自己幾乎潰散，想直接逃離警局現場。

　　然而，在生活形態日益趨向數位化的現代，人們不斷地轉移或切換注意力，專注似乎成了這時代的稀缺能力。微軟在2015年進行一份注意力持續時間（attention span）的研究，調查數位化生活如何影響消費者的注意力，發現現代人難以在單一活動中維持專注力，處於非數位環境裡更難。報告指出，人們的注意力一直在下降，從2000年的12秒下滑到2013年的8秒，比金魚還少1秒。[60]

　　平時規律的閱讀訓練可以幫助譯者持續保持注意力與集中力，因為閱讀時眼神不能離開文字，必須一直盯著，若遇到感興趣的段落，更是一行又一行，難以叫停。如果你曾有看書（特別是精彩的小說故事）看到廢寢忘食、看到滿腦子一直在思索內容的經驗，必能了解那種渾然忘我的專注感。

　　對於譯者而言，從閱讀當中，還可以獲得「閱歷」——他人的閱歷。如美國童書作家蘇斯博士（Dr. Seuss, 1904-1991）所言：「讀得越多，知道的越多；學得越多，前往的地方越多。」（The more that you read, the more things you will know. The more that you learn, the more places

[59] Siusana Kweldju, 'Neurobiology Research Findings: How the Brain Works During Reading', *PASAA*, 50 (2015), 125-142 (p. 130).

[60] 'Attention Spans', *Microsoft Canada* (2015), dl.motamem.org/microsoft-attention-spans-research-report.pdf

you'll go.）⑥一個人不可能得知所有事情、行遍所有地方，藉由閱讀他人分享的生命經驗，讓自己獲得不一樣的體驗與體悟，開拓視野、提升素養，對翻譯或是任何一種工作，一定都是珍貴的養分。

《中庸》有云：「博學之，審問之，慎思之，明辨之，篤行之。」養成閱讀習慣讓人沉靜內省、擁有閱讀素養讓人包容開闊。閱讀讓一個人的思考與談話更加深厚，不至於只侷限在自己所熟悉的小小知識範疇裡面。這或許才是任何課堂上，最重大、最主要的專業養成訓練了。相信多數人都希望自己除了擁有精湛的技術之外，也是個洞見敏銳、思慮周全的人，對學科形塑個人觀點，而非人云亦云的淺薄之輩。

對口譯員而言，閱讀有助於職涯的專精和完善。閱讀中會不斷獲得新知識，進而了解瞬息萬變的產業趨勢，知道如何因應行業的最新變化。以「播譯」（見〈節目轉／直播：播譯〉章節）為例，口譯員不能只是等待發言者的「思考輸入」，也必須讓自己的「思考輸出」，在繁複的多工（multi-tasking）過程中，展現主題知識、提出思維觀點；也就是說，播譯員不能只在看或聽見源語文時才暢言無礙，更須要知道如何提出評論或加入議題討論，以照顧到觀眾的收聽／視需求。

要對議題提出有意義的延伸討論，單靠熟練的翻譯或寫作技巧是不足的，還是得仰賴點滴累積的閱讀經驗，援為深刻思辨及旁徵博引的基礎。以前文提到的「滅鼠藥（超級華法林）新聞事件」（見〈學不厭倦&探究精神〉章節）為例，該事件可以試著從「中毒」（poison）的角度切入去拓視核心議題。波斯詩人魯米（Rumi, 1207-1273）曾書何為毒藥：「任何事物若超出個人需求之外，便可視為中毒—權力、財富、口腹之欲、自尊、貪欲、惰性、愛、野心、仇恨，皆可致毒。」（Anything which is more than our necessity is poison. It may be power, wealth, hunger, ego, greed, laziness, love, ambition, hate or anything.）以此為著手點，便為社會事件裡的醫學議題探討增添了人文反思觀點。

---

⑥ Dr. Seuss, *I Can Read with My Eyes Shut!* (New York: Random House, 1978)

口譯筆記不是上課筆記

譯員不應該迷信筆記，認爲一切信息都應該體
現在筆記中，而澈底忽略了理解和記憶的主導
地位。[62]

專心聽譯是口譯的首要考量——認眞聽講者發言比努力寫筆記重
要。口譯員將主要精力放在仔細聆聽進行中的談話，從中汲取意義，而
非將心神花在逐句聽寫。筆記是輔助，不是口譯重心。

筆記的目的是輔助口譯員的短期記憶，幫忙減輕記憶負擔。筆記具
備提示或提詞（prompt）功能，讓口譯員一看到該字詞，就知道接下來
要說什麼。既是提醒作用，口譯筆記通常以「記重點」爲主，避免記下
過多不必要的文字。何況，口譯員不是錄音筆，不可能記下每一個字、
每一句話，即使眞的一字不漏地抄寫下來，也不可能原原本本譯出。

口譯員的筆記經常只透過短語和符號呈現概念，而非密密麻麻的文
字堆疊。口譯初學者常常記下宛如課後複習或考試用的完整筆記，拚命
捕捉每個字彙與措辭，一字一句不敢遺漏，但回神看著滿紙文字細節，
卻苦於辨識發言框架（framework），傳譯破碎散亂，毫無章法，聽者
都感到不知所云。

對於筆記，曾爲聯合國工作多年的同步口譯員泰勒－布拉登（Tay-
lor-Bouladon）強調：「你所需要的只是骨架（skeleton）。」[63]資深會
議口譯員葛理斯（Andrew Gillies）解釋，筆記是在展現談話的骨架結

---

[62] 雷天放、陳菁主編：《口譯教程》（上海：上海外語教育出版社，
2006），頁48。

[63] Valerie Taylor-Bouladon, *Conference Interpreting: Principles and Practice*
(Hindmarsh SA: Crawford House, 2001), p. 62.

構（skeleton structure），是口譯員分析源語談話後的視覺重建（visual representation）。[64]著有《逐步口譯與筆記》的劉敏華亦指明，「筆記既然是視覺上提醒記憶的工具，就應該盡量簡單明瞭，力求一目了然。」[65]換句話說，幾項清晰有效的筆記勝過一整頁的文字。

最關鍵的功夫是，口譯員在記下重點（key points）後，必須立刻理出訊息之間的關聯（relationship of key points or connection between ideas），如：因果、對照、分類或例證關係等；理不出關聯或層次，紙上便只是一堆關鍵詞或短語的排列，無法傳達有意義的訊息。除了關聯，講者話中特別著重之處（stress or emphasis）亦是筆記關注所在。

7項筆記原則

侯頌（Jean-François Rozan）在1956年以法文編寫一套筆記技巧，言明筆記核心首重「意思」（ideas），而非「字詞」（words），提醒口譯員聆聽談話時要主動分析內容，避免受到文字的束縛。直至現在，許多逐步口譯員依然沿用他提出的7項筆記原則：

1. 記下想法或概念，而非單字（noting the idea and not the word）
2. 善用縮寫（the rules of abbreviation）
3. 記下訊息間的關聯（links）
4. 在字詞或符號上直接劃線穿過，表式否定（negation）
5. 在字詞或符號下加單／雙底線，表示強調（adding emphasis）

---

[64] Andrew Gillies, *Note-taking for Consecutive Interpreting: A Short Course*, 2nd edn (Oxon: Routledge, 2017), p. 9.

[65] 劉敏華：《逐步口譯與筆記》（臺北：書林，2008），頁49-50。

6. 垂直書寫，方便邏輯分析（vertically）
7. 縮排書寫，表示新的語段或訊息，讓層次架構更透明（shift）[66]

多圖少字

　　筆記的功能在於口譯當下立即使用，且只用一次，並非爲了日後的溫故知新。在充滿時間壓力的口譯現場，口譯員不僅大腦要動得快，手也要寫得快。除了透過文字、縮寫、注音、漢語拼音或簡體字書寫，通常還會借用各種的「符號」（symbols）或圖繪（drawings），加快筆記速度。口譯員也得記住圖示代表的意義，才能順利破譯。以下僅列舉數例：

　　國家貨幣符號：金錢或國家（$：美國／美金；¥：日本／日圓）
　　數學符號：體積大小、方向、消長等（＝ ≠ ＜＞＋-）
　　箭頭符號：移動、方向或狀態（→：前進或轉變；←：後退或恢復；衝突、吵架或意見相左：→←）
　　標點符號：狀態（？：疑問或不知道；！：驚訝或注意；，：暫停；：：發言、表示或評論）
　　形狀：機構、星球、地點或物品（□○△）
　　表情符號：情緒、情感狀態（☺ ㅠ_ㅠ）

---

[66] Jean-François Rozan, *Note-taking in Consecutive Interpreting*, ed. by Andrew Gillies and Bartosz Waliczek (Kraków: Tertium, 2005), pp. 1-22.

口譯員使用的符號可以從不同領域借用，也可以依據個人喜好或習慣，自行設計順手的符號。因應不同的口譯任務，口譯員也可能當場發揮急智，創造適合當下情境的筆記。課堂上，曾有學生因為缺乏某概念的相應詞彙，便臨場發揮繪圖專長，在筆記本上快速勾勒圖畫，配上簡單外文，幫助不懂中文的外賓了解演說內容。

　　除了記下重點，有些難以當下記住的細節，像是人名、地點、專門術語或是單位量詞等，都可能需要快速記在紙上，以免瞬間即忘或記不完全，不小心造成誤譯或漏譯。例如：在醫療口譯的情境中，因輕忽而未清楚言明藥物劑量單位是「mg」（毫克）或「g」（克），會影響病人用藥安全，甚至可能招致嚴重後果。

數字單位差距

　　數字的精確傳譯仰賴筆記。即使在同步口譯模式中，都可能需要快速記下，避免混淆與誤解。練習數字的口譯時，可以從生活中常見的數字資訊開始，諸如：身分證、學號、健保卡、汽機車牌、出生年月日、身高體重、門牌住址、存摺號碼、員工編號、手機號碼、信用卡號、訂單號碼、鞋碼、開車時速……等等。

　　若涉及分數、小數點與「/」的數字，要知道正確或習慣讀法。以下略舉三例：

(1) 15.5=fifteen and a half=fifteen point five=fifteen and five-tenths

(2) 6.82=six point eight two=six and eighty-two hundredth

(3) 120/80= one hundred twenty over eighty

以上僅是單純數字讀法，但若置於不同的談話情境下，則得加以調整。例如：£6.82會讀做「six pounds and eighty-two pence」，甚至簡化成「six eighty-two」；血壓的英文讀法是「one hundred twenty over eighty mmHg（millimetre of mercury）」，但轉譯成中文給一般民眾聽時，只要簡單說「血壓是120、80」即可，硬要說出「mmHg」或譯出「毫米汞柱」，無助於一般人了解。

　　然而，特別情境中的數字翻譯極講究正確無誤、精準確實（exactness）。例如：數字可能是學術會議上，講者用來支持關鍵論點（如：統計學數據）的工具；數字可能是法庭審訊中，證人描述一筆非法交易中涉及的金額或物品數目，或是律師援引的法條號碼或文件編號。譯者必須妥善理解發言者所傳達的數字資訊（numerical information）含意，避免衍生不良影響。若是誤譯，可能會影響論述的可信度、訴訟程序或是當事人的權益（雖然在多數的真實情況中，這些數字都會出現在投影片裡，或是有文件佐證，譯者可能也無須譯出）。

　　雖然明白數字的傳譯要精確，但在演講或談話中，數字的無預期出現有時確實讓口譯員感到心慌，主因在於：

(1) 意料不到，難以由語境邏輯或前後文關聯預測或推敲出具體數字；
(2) 雙語轉譯時的單位差距，容易衍生因口誤而回溯修正（backtracking correction）的情況，或是不自覺的誤譯。容易混淆的位階出現在中文的「萬」之後，例如：「5萬」的英文是「fifty thousand（50千）」；英文「10 billion」不是「10億」，是「100億」；若加上小數點且中間有空數，如「9.09M」，轉譯難度可能又往上增加。

　　以下提供一個口譯課堂上經常使用的中英對照記數列，便捷好用，熟悉位階差距後，便不容易讀錯。如能找到夥伴，互相讀數字或含有數字的句子和文章給對方口譯，經常練習，定會加快數字反應時間：

＿＿＿＿　B　＿＿＿＿　M　＿＿＿＿　T　＿＿＿＿
＿＿＿＿　十億　＿＿＿＿　百萬　＿＿＿＿　千　＿＿＿＿

　　對於一般情況下的數字處理，萬一記不住，可以運用「翻大不翻小」（概括翻譯，省略尾數細節）策略。例如：

1. 臺積電投資120億美元，在鳳凰城設立晶圓廠。
　　（TSMC is investing over $10 billion to set up a wafer plant in Phoenix.）
2. Phoenix has a population of 1.656 million people.
　　（鳳凰城人口有150萬以上／約165萬／大約一、兩百萬。）

　　所幸，今日在允許使用實時語音轉錄的口譯場合，軟體會自動顯示談話逐字稿，包含數字，大大減輕數字帶給口譯員的記憶負擔。

怎麼記筆記？

　　關於筆記本大小和書寫方式，口譯課堂上通常會簡述幾項原則：

(1) 使用環裝上掀（top spiral-bound）筆記本，約B6尺寸，方便站立時手持書寫。
(2) 頁面由上到下畫一條中線，分隔左右兩欄。
(3) 書寫時由上往下，記完左欄再換右欄。
(4) 語意完結處可用「//」作為提示，或是畫一條跨越單欄空間的實心長橫線「————」，表示段落結束。

　　以下舉例：

源文：

下半年房市吹冷風，預售市場最為明顯，全球高通膨持續，貨幣緊縮也讓經濟復甦力道放緩，金融市場出現震盪，這些種種的壓力，嚴重影響民眾購屋行為與態度。從七大都會區第三季的預售屋交易量開始，買氣每下愈況，下滑了49.2%，幾近腰斬。[67]

筆記：

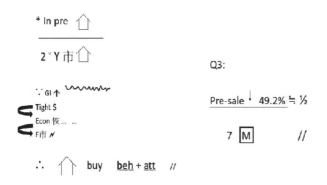

譯文：

In the second half of the year, the housing market turned icy cold, most notably in the pre-sale market. High global inflation continued, and monetary tightening slowed down the economic recovery, causing turbulence in the financial market. All of these had a serious impact on home-buying behaviour and attitudes. In the third quarter, pre-sale transactions in the seven largests cities plunged by 49.2%, almost halved.

---

[67]　戴鈺純：〈逃命潮倒數！房市吹冷風「平轉也賣不掉」專家：降價機會來了〉，《好房網》，2022年12月27日。網路。

　　看著筆記回溯口譯時，也須要運用「預讀」與「多工」技能，嘴裡說著剛看完的筆記區塊，眼睛已提前掃視接下來要口譯的區塊。萬一在翻譯中不幸「迷路」，突然理不出訊息之間的關聯，提前掃讀也能提前發現狀況，給自己時間想出應對策略。

　　以上的筆記書寫方式僅是參考，無須強行遵守。只要筆記有助於記憶回溯與口譯，且手腦運作夠快，即使想借用「康乃爾筆記法」的1大2小（依序為筆記欄、整理欄和摘要欄）3區塊格式，當然也值得嘗試。同樣地，雖說有些人的圖像表達和影像創作能力極強，但若自己真的不擅圖畫或傾向以文字筆記，便依個人喜好習慣即可。硬是強迫自己使用符號與圖示，反受約束而影響口譯品質。一場會議下來，紙上僅寥寥數語，甚至幾近空白的逐步口譯員，也所在多有。

　　在數位時代成長的譯者，說不定更習慣在平板電腦或特殊設計的電子紙張上記錄，不用擔心紙張用完或斷墨。不過，為了提防平板突然當機、電源用盡、不小心滑落地上，或是工作場合停電，出任務時帶著紙筆，總是有備無患。

　　最後提醒，想要練習筆記技巧，最好還是透過「聽寫」，不建議「讀寫」。劉敏華（香港浸會大學翻譯學研究中心主任）反對一邊看文章、一邊寫筆記的方式，因為讀寫是一前一後，並非同步進行：

　　　　逐步口譯是一面聽一面寫的活動，聽和寫兩個活動密切相關，其他的活動不可替代。聽演講與記筆記形成一種特有的互動關係，這種關係十分有彈性，有一種不可預測性，一種在規律中缺乏規則的特性。注意力在聽和寫之間來回跳動的時候，是一種持續的協調過程，甚至是一種妥協的

過程。一面看一面寫沒有這種互動關係，因為看
的時候不能寫，寫的時候不能看。[68]

不過，若想加強符號與圖示的運用，以及訊息之間的層次建構，讀寫不嘗是一個練習管道。

多工處理作業

　　2022年的雙十國慶大會上，日本京都橘高校吹奏部（另稱「橘色惡魔」）登場演出，緊緊鎖住大眾目光，也占盡媒體版面。成員拿著笨重的樂器，一邊行進、一邊演奏、一邊跳舞、一邊走位、一邊看著指揮，在變換隊形的同時，還得注意表演動作是否一致、隊伍是否整齊，且全程笑容滿面。每個人將自己負責的部分練習地很熟練，同時把個別任務融入團體表演，前者講求「專心」，後者注重「分心」，完美展現多工作業的實力。

　　「多工作業」（multi-tasking）也常稱作「多工處理」、「一心多用」或「分神」，指同時間處理或完成多項任務。聽起來矛盾的多工作業是口譯員必備的一門技能，在每一道工作程序中集中精神處理，同時有目地地分散精力，將每一個步驟與整體任務相互融合，簡言之，就是要「專心地分心」。

　　一心二（多）用需要長時間訓練，且非易事。試著在紙上一手畫圓、一手畫圈，或是一手寫英文字母、一手寫注音符號，大概就知道有多困難了。處理多重任務，或在兩個不同的任務中來回切換，會加重譯者的認知負荷（cognitive load），特別是兩種語言的語法結構殊異的時

---

[68] 劉敏華：《逐步口譯與筆記》（臺北：書林，2008），頁81。

候。例如：相對於華語與臺語或華語與客語之間的轉換，華語與歐美語言之間在傳譯上，可能會對譯者的工作記憶造成較大負擔，耗損較多心神與力氣。

口譯員在執行多工處理前，要先專注地練習各別特定技巧，諸如聆聽、理解、分析、重組、記憶、筆記、表達、監聽等。這些都需要刻意且反覆的練習，直到足夠精熟，彷彿是本能一樣，自行啟動記憶，不需過多思考便能自然反應。接下來，分出心神來整併這些技巧，調和過程中慢慢創造出一種流暢的韻律感，讓自己在專心與分心中有節奏地往返，形成一種井然有序的多工處理狀態。

尤其是身處數位盛世的口譯員，可能還得學會在多工處理中納入遠端口譯平臺（remote interpreting platforms）和人工智慧（AI）口譯工具的協作，從學習到上手，都需要投注時間與重複練習，才能創建合適的工作流程（workflow），讓各種線上軟體及電腦輔助口譯（computer-assisted interpreting）工具成為得力助手，在多重程序中，有條不紊地執行任務。

資深口譯員吳敏嘉曾分享：「口譯（特別是同步口譯）做得順暢時，會進入全神灌注、渾然忘我的境界……使得工作不只是工作，而是一種投入，一種deep play。」[60]吳敏嘉描述的心思集中、毫無雜念的心理狀態，便是現今普遍的「心流」（flow）說法，表示一種完全沉浸於「當下」的感受。

口譯中的「心流」——讓所有技巧以一種平穩協調的節奏自動運行——有助於創造及維持穩定的口譯表現。就像聯合國口譯服務處西語組組長麥吉尼斯（Silvia Maginnis）所描述的那樣：

---

[60]　吳敏嘉：〈口譯這一行：一個資深口譯員的經驗分享〉，《中時新聞網》，2016年5月23日。網路。

> 你必須聆聽、說話、忘記，再聆聽、再說話、再
> 忘記。就像你打網球的時後，打完一球，接著準
> 備打下一球。如果你還想著上一球，肯定錯過下
> 一球。[70]

口譯節律失序，或是無法在不同的技巧中順利轉換，必然影響口譯品質。

　　精神科醫師皮雷（Srini Pillay）主張多工作業者有兩種類型——「傳統多工作業者」（multitasker）與「超級多工作業者」（supertasker）：前者以「火燒眉毛」的方式完成任務，結束後筋疲力盡；後者認知神經系統的轉換較為流暢，完工後一夜好眠。[71]這樣看來，口譯員應該都希望自己擁有超級多工作業的能力，才不至於在半天或全天的口譯工作後，因大腦運轉過頭而遭受失眠之苦。

　　皮雷進一步解釋，超級多工者知道如何周旋在記憶、過濾與管理相互衝突的資訊中，懂得妥善分配適當的能力，且能透過不同的腦部訓練方式來創造神經連結，成為節省精力、更有效率的超級多工作業者。[72]

---

[70] *The Interpreters: A Historical Perspective (Interpreting at the UN 1945-1995) (EN)*. AIIC Interpreters. YouTube. 31 August, 2016. Web.（見6分41秒至6分57秒處）

[71] 斯里尼・皮雷：《胡思亂想的爆發力》，謝樹寬譯（臺北：遠流，2019），頁145-146。

[72] 同前註，頁148。

同語同步的跟讀訓練

　　要訓練大腦在專心與分心當中保持平衡，可以透過特定的練習途徑，例如：「跟讀」（shadowing）。「跟讀」又譯為「跟述」或「影子練習」，是同步口譯的入門訓練，主要協助口譯員提升大腦的認知能力、加強短期記憶。依字面顯示，譯者以聲音亦步亦趨、如影隨形地跟著影音檔案或真人講者，一字一句地重述或複述（retelling or repeating）聽到的內容。聽著什麼語言，便以該語言重複，不需要翻譯。如以下定義所示：

> 跟讀是一種定速的聽覺跟蹤（paced, auditory tracking）練習，對耳機裡接聽到的語音刺激，立即開口反應，意即，以相同的語言（in the same language），如同鸚鵡學舌（parrot-style）般地逐字複述（word-for-word repetition）。[73]

不過，跟讀不能真的像鸚鵡模仿那樣，只是打開嘴巴發出聲音。練習跟讀複述的時候，譯者要有意識地聆聽，理解正在聽說的內容。

　　據說跟讀法由美國語言學家阿格勒斯（Alexander Argüelles）所創，主要用來學習外語。他主張練習時最好移步戶外，一邊快走、一邊聆聽預錄的音檔、一邊大聲複誦。[74]阿格勒斯雖未進一步解釋為何要邊

---

[73] Silvie Lambert, 'Shadowing', *Meta: Translators' Journal*, 37.2 (1992), 264-273 (p. 266).

[74] Alexander Argüelles, 'Experience: I Can Speak 50 Languages', *The Guardian*, 16 March, 2016. Web; *Shadowing a Foreign Language (Chinese),* Alexander Arguelles. YouTube. 10 March, 2008. Web.

走邊說，但推斷他可能是希望此方法最終像本能一樣，無意識地融入一個人的日常活動，也可能是在戶外走動有助於活化大腦，提高思考力。此外，在戶外練習跟讀技巧必然會有雜音干擾，卻也能更真實地模擬口譯現場（隔音同步口譯廂除外）的各種吵雜聲響，讓自己練就更加集中精神的抗噪本領。

基礎／進階／高階練習

　　跟讀技巧的練習有分難易，以下透過段落實例（以「/」表示時間差）介紹：

基礎練習：

　　譯者緊跟源語，完整複述談話內容。講者一開口，譯者立即跟上，但即使形影不離，也不可能完全同進同出，譯者的跟述還是會落後源語約1至3秒左右。此階段的跟讀題材可選擇不同語速的音檔，適應不同講者的說話節奏，也更貼近真實的口譯現場。

例子：I've been / working here / since 1981 / and this is / the worst / it has ever been. It's good / that the old president / is gone. / All we ask of / whoever takes his place / is that / we can have / three full meals / a day. / It can't be / that hard![75]

進階練習：

　　譯者主動落後講者一個意群（sense group，具有一定意義的短語單位，且不能任意分割，以免失去語意或產生誤解），乃至一整句話

---

[75] 節錄見Antoni Slodkowski, 'No Food, No Fuel and No Jobs: the Economic Catastrophe Engulfing Sri Lanka', *Financial Times*, 20 July, 2022. Web.

之後，再開始跟讀，但不能搶快、不能追上，要刻意維持半句（5至6秒），或者一整句（8至9秒或更長）的等距時間差，保持固定的跟讀節奏。在此階段，譯者的工作記憶必須儲存更多訊息，而譯者往往因為認知負荷加重，而急著趕上談話速度，但如此一來，便失去延遲跟讀（delayed shadowing）的訓練功能，因此得時時自我提醒，堅持守住話語距離。

例子：I've been working here since 1981 / and this is the worst it has ever been. / It's good that the old president is gone. / All we ask of whoever takes his place is / that we can have three full meals a day. / It can't be that hard!

高階練習：

譯者一邊聆聽源語，一邊以相同的語言改述或換句話說，不再鸚鵡學舌般地如實複製聽到的內容。此方式模擬同步口譯真正的工作實況，只除了未以不同語言轉譯。

例子：I've been working here since 1981 and this is the worst it has ever been. / It's good that the old president is gone. / All we ask of whoever takes his place is that we can have three full meals a day. / It can't be that hard!

改述：It's been the worst year since I started working here in 1981. Thank goodness the old president has stepped down, and we only hope the new president can give us enough food every day. It shouldn't be difficult to get what we need.

跟讀練習主要訓練同步聽說的能力。在進階與高階練習兩階段，譯者的複述聲音與講者的說話聲音會相互疊合，對正在摸索邊聽邊說的初學譯者容易形成干擾。由於譯者必須一邊聽著講者正在說的話，一邊說

著講者已經說過的話，不斷地循環聽說至談話結束，若譯者沒有穩住聽說的節奏，很容易因為分神失敗而急著趕上講者速度，不小心便進入基礎練習模式，失去「保持距離」的跟讀目的。

　　跟讀時要確保句子有完整複述，嚴禁出現「跳躍式跟讀」的情形，就是「直接跳過聽不懂或聽不清的詞彙」或是「一句話還沒說完，便自行中斷，急著跳到下一句」，致使對方無法理解複述內容。因句子未完結而產生語意不完整的現象，在同步口譯裡會招致難以理解的不良後果，必須嚴格把關。

　　跟讀題材的選擇可以視個人興趣或工作需求，或是擇一領域刻意訓練。若想要培養領域詞彙和行文表達知識，讓譯文聽起來自然道地、用語精準，跟讀可以有效地去除「外行感」。剛開始可以挑選專業人士對一般大眾談話的題材，觀察「行內人」如何將複雜知識清楚解釋給「行外人」聽。[76]新聞的專題系列報導，或是鎖定單一主題的集錦報導，會是理想的練習素材。

　　北約（North Atlantic Treaty Organization, NATO）資深口譯員傅提斯（Chris Guichot de Fortis）則建議花時間跟讀語速快的講者（fast speakers）。他注意到，經驗不足的口譯員在跟讀不熟悉的語速節奏時，即使是A語言也很難做到清楚流暢，更遑論B語言了。[77]快語速跟讀練習幫忙訓練譯者「穩速」，在面對急速發言的時候，依然能夠思維清晰，平穩清楚地傳遞訊息，避免因不習慣發言者的快語速節奏，而使口譯「失速」，出現忽快忽慢或結結巴巴的慌忙狀況，進而影響傳譯品質。

---

[76] 題材參考：《建築巨擘：陶朱隱園》，Discovery Channel Taiwan，YouTube，2022年12月28日。網路。（見影片10分0秒至11分43秒處，建築結構工程師張敬禮以英文解釋住宅結構體的設計）

[77] Christopher Guichot de Fortis, 'Shadowing', *Interpreter Training Resources* (2011). Web.

跟讀雖是同語複述的訓練，無論是國語進國語，或外語進外語，並不必然保證譯者能夠百分百理解內容，完整接收訊息。不同講者說話時的不同語體、語調、節奏、口音或重音，以及話語停頓、重複或使用填補詞的習慣，都可能影響跟讀品質。在室外進行的跟讀練習更易產生不同程度的噪音干擾。

　　想要觀察失誤環節，可以商請同學在旁監聽自己的表現，請對方觀察自己語意是否完整、有無維持一定的跟讀距離，幫忙檢視自己有沒有因為心急而打亂跟讀模式，或因慌張導致咬字不清，或是隨意中止句子。若無人從旁協助，也可自行錄音，練習完再回放檢視，看看失誤是因為聽不懂某個新詞彙？對主題不熟悉？還是對方口音過重？出錯是因為發言者夾雜使用本地語言與外語，還是自己跟讀時口齒不清、語速失序？抑或是自己心不在焉，即嘴巴在動，但腦子放空？找出原因後，再從中歸納自己偏弱的類別，加強訓練。

　　對譯者而言，長期固定練習跟讀技巧不僅可以讓短期記憶與聽力更敏銳，口齒也會更加清晰。口譯員說話雖不用字正腔圓，但吐字要清晰，話語輕重分明讓聽者好理解。若加強訓練跟讀快語速發言，工作場合碰上語速快的講者，也較容易適應。就知識層面而言，譯者在累積不同跟讀題材的同時，也是在擴充背景知識庫（knowledge base），為口譯工作增能。

阻力升級

　　跟讀訓練常會在過程中添加額外的阻力，像是寫數字，以提高練習難度。在紙上寫數字時，可以循序（1、2、3……）、逆序（50、49、48……）或跳序（164、166、168……）。默寫九九乘法也可行。數數字雖看似與跟讀或口譯無關，其實意在協助譯者對抗分心事物，練習如

何有效分配注意力，調和截然不同的兩個或多個任務。換句話說，這些小練習並不是跟讀的重點，而是輔助跟讀的工具，訓練譯者一心多用。

除了寫數字，還可以寫文字，例如：英文的26個字母、中文的注音符號、一首歌詞，或是隨意寫作。跟讀與短文書寫的內容最好不同，例如：聽讀的主題可能是關於斯里蘭卡的破產危機，寫在紙上的可能是鹿港龍山寺的修復爭議，也可以是一則當下隨意創作的短文。

跟讀完成後，手上進行的任務也停下，接著以相同的語言複述剛才聽見的內容大意。若有同學在旁輪替練習，可請對方提問幾個與內容大意相關的問題，看看自己能否回答。譯者無須（也不可能）記住每一個細節，但對於主旨概要（gist）要有印象。如果只記得枝微末節的細節，卻不記得整體意涵，無法傳遞出有意義的訊息。

練習跟讀技巧可以更加鞏固口譯員一心多用的能力，協助他們學習如何同時執行主動聆聽、思考／分析、記憶與輸出訊息等四件事，且彼此互不干擾。平齊斯（Vyvyan Pinches，前紐約聯合國總部口譯服務處英語組組長）於一場訪談中表示：

> 想成為口譯員，要擁有一種特殊的心態（mental stance），往後站一步，看著訊息傳入（in-going information）與訊息傳出（out-going information）兩個過程同時發生，但你不會產生混淆。[78]

多工技能看似困難，但對於成長在數位時代的年輕一輩或許相對容易上手。他們熟悉如何在同一時間使用不同的電子產品，筆電、平板與

---

[78] *The Interpreters: A Historical Perspective (Interpreting at the UN 1945-1995) (EN)*, AIIC Interpreters. YouTube. 31 August, 2016. Web. （見6分05秒至6分22秒處）

手機同步上線。螢幕上即使分割數個視窗也不會混淆，工作時甚至同時運作兩個電腦螢幕。習慣同時處理多個任務的他們，數位生活早已是日常，說不定更擅長在短時間內聚精會神地思考訊息、處理訊息。

視譯技巧是一門技術活

在經過以相同語言聽說的跟讀訓練後，接下來可以藉助視譯練習，進一步加強短期記憶與一心多用的技能。視譯在轉聽為讀的同時，增加跨語言的口譯工序。視譯牽涉如何平均分配注意力的技巧，在一邊閱讀、一邊理解、一邊轉譯的疊加程序中，學習保持思維敏捷，見機行事（mental agility）。

視譯除了訊息精確，傳譯流暢的要求，還有兩個大原則要掌握—避免「翻譯腔」和「回溯」（backtracking）。初學者易因文稿在手，反受文字束縛，致使譯文生硬，也容易自覺一句話譯得不盡理想，便忍不住自我修正（self-correcting），話語未竟便「倒車」重譯，也常因為理解困難而暫停口譯。米克森（Holly Mikkelson）便強調，理想的視譯聽起來就像是用聽者的語言所寫下，且口譯過程要保持「平穩的節奏」（smooth pacing），避免突如其來的說話、停話，或是長時間停頓，這些都會讓聽者分心，無法好好聆聽訊息。[79]

視譯的訓練可分為「預看文本」（prepared）與「不預看文本」（impromptu），但前者並不代表譯者擁有充裕時間看完全文。視譯既然會應用於現場情境（見〈不同的口譯模式〉章節），自有其「即時、當下、臨時、急迫」的使用需求，因此即使能夠提前閱讀文件，也

---

[79] Holly Mikkelson, 'Introduction to the Sight Translation Chapter (from *The Interpreter's Edge*, Generic Edition)', *ACEBO* (2023). Web.

須速覽。有些工作場合常用的口頭或書面文宣，甚至值得背下來，方便使用。請試著視譯以下這一小段文字——美國警方逮捕犯罪嫌疑人時發出的「米蘭達警告」（Miranda Warning），向後者告知行使沉默權及要求律師的權利：

> You have the right to remain silent. Anything you say can and will be used against you in a court of law. You have the right to an attorney. If you cannot afford an attorney, one will be provided for you. Do you understand the rights I have just read to you? With these rights in mind, do you wish to speak to me?[80]

臺灣刑事訴訟並無「米蘭達警告」一詞，但「刑事訴訟法」第95條有類似規定：「得保持緘默，無須違背自己之意思而為陳述」，以及「得選任辯護人」。

「提前看」vs.「當場看」

提前看（prepared）：

　　快速瀏覽以掌握文章種類及內容，決定譯語風格。法律文本語體較為嚴肅、正式；醫學文本要確保病人能夠了解醫療過程和風險。此兩類文本講究訊息的正確與清晰，且充斥常規術語。口譯時雖要保持訊息真實，但也需要考量聆聽者的接收能力，例如：艱深的醫學名詞恐非多數人能夠立刻明白；向來不通俗的法律用語也非不具法律背景的一般民眾能夠立即領會。因此，譯者須視情況調整口譯策略，必要時降低術語的

---

[80] 'What Are Your Miranda Rights?', *MirandaWarning.org* (2023). Web.

使用頻率，或是以白話解釋專有名詞。以下文「食道超音波檢查後的返家注意事項」（Discharge Advice Following Trans Oesophageal Echocardiogram[81]）為例：

Stress - Stress can have a negative impact on health, affecting us both physically and mentally. Although it is not always possible to remove stress from our lives, there are many methods which can be used to aid relaxation, relieve stress and promote a positive healthy recovery including:

- **Finding ways to relax** - it is important to unwind. Each person has their own way of relaxing including deep breathing, listening to music or reading a book. Make some time for yourself.
- **Eating right** - eating a sensible low fat diet can give you energy, aid wound healing and promote well being.
- **Sleeping** - getting enough sleep is an important part of your recovery.
- **Get moving** - Your body makes certain chemicals called endorphins during exercise. They can help to relieve stress and improve your mood.
- **Talk to friends or get help from a professional** - talking to friends can help you work through your problems or concerns. For more serious stress related disorders it may be helpful to talk to a health care professional. Speak to your GP for more information.

---

[81] 選用段落出自英國利物浦心臟與胸腔專科醫院（Liverpool Heart and Chest Hospital）的出院衛教手冊，全文共4頁，下載網址：https://www.lhch.nhs.uk/media/1108/discharge-advice-following-trans-oesophageal-echo-v4-march-15.pdf

It is not uncommon to feel a bit low following discharge from hospital. These feelings usually resolve as you recover.

Blood pressure - High blood pressure can increase the risk of heart attacks and strokes. If you have high blood pressure it is important to have it checked regularly and continue with any medication you may be on to control it. Avoiding salt in your food can help to control blood pressure too.

閱讀時可分為兩個方向準備：

(1) 先備知識：先確認文本使用的目的與時機，接著理解主題（subject matter）和語境（context），進一步了解來源文本中的訊息邏輯，以及源本對譯本使用者的功能。如上例，多數人恐怕無法理解食道超音波檢查與壓力之間的關聯，但對於譯者，背景知識有助於迅速掌握傳譯重點。譯者要先了解什麼樣的病人會做此類檢查，進而幫助病人了解管理壓力與預防高血壓的目的。醫療口譯重視訊息的雙向流動，協助醫病雙向溝通，不僅僅是單向的知識傳遞。譯者即使不懂背後關聯，依然可以如實譯完，但若病人不解其因，便不會重視照護；也就是說，如果病人不知道壓力大會造成高血壓，還可能連帶引發主動脈破裂的心血管風險，就可能忽略壓力及血壓管理的重要。

(2) 文本意涵：首先掌握文意大概（general idea without details），文中的粗體及圓點標示宛如索引，已初步幫譯者整理內容架構與重心；接著辨識有理解困難的詞彙或句子，思考相對應的解決策略。例如：若遇見不懂的專有名詞，有沒有時間查閱或向旁人徵詢？或是能否透過線上翻譯軟體立即解決？若無可諮詢，如何透過「換句話說」（paraphrasing）技巧靈活釋義？若病人時間有限，如何藉助

「大意概述」（summarising）壓縮內容，僅告知要點？如果時間允許，文本細節（如：句際關聯、詞性、指標詞等）自然也需要留意。

　　傳譯時，除了上文提過的維持穩定節奏之外，還得注意表達風格是否口語、易懂且自然。以最後一段「blood pressure」（血壓）爲例，原文爲書面文字，用詞雖簡單，但句構偏長。口頭翻譯時，可透過斷句技巧縮短句長，也可挪移字序或更改行文結構，突出訊息重點。以下提供譯文說明：

DeepL線上翻譯：
高血壓會增加心臟病發作和中風的危險。如果你有高血壓，重要的是定期檢查，並繼續服用你可能正在服用的任何藥物來控制血壓。避免在食物中加鹽也可以幫助控制血壓。
（雖無礙理解，但語氣生硬。）

口語釋義：
血壓太高會導致中風或心臟病，所以如果你有高血壓，記得要固定吃藥跟檢查，才能好好控制，還有吃東西也不要吃太鹹。
（以叮嚀的口吻傳達，句數雖由原文的3句增加爲5句，但字數接近原文，也比DeepL版本少了30%左右，且無損主要意思。）

　　藉此口語釋義版本順帶一提，視譯文本雖全部攤在譯者眼前，除非另有要求，並無須將看到的所有訊息一字不漏地說出來。視譯既然擁有一半的口說特質，因此表達上傾向簡短、簡潔的句構，傳達主旨或要點（gist），避掉與之無關的訊息。

當場看（impromptu）：

　　譯者以句子或短語爲單位，邊看邊譯。起初可由一個句子開始練習，讀完一句之後，再開始翻譯。累積一定的練習量後，加深挑戰，進入一心多用模式，看到一個短語或兩、三個字後，便開始口譯；同時間，視線提前掃讀（read ahead）接下來要口譯的短語或句子，也就是一連串「邊看、邊譯、邊組織句意、預看」的循環，直至閱畢。

「見招拆招」的順譯

　　臨場視譯大大仰賴「順譯」或「順句驅動」（synchronising）的能力，就是「看到哪翻到哪」的意思，口說與文字同步，按照行文順序口譯，不更動或調換訊息的前後秩序。因中英文句法組成上的差異，順譯技巧亦須搭配重複（repetition）、增加（addition）、刪減（reduction）、壓縮（compression）、省略（omission）或填補（filling）等技巧，同時視行文需要，隨時轉換詞性（conversion），以彌補語意不足之處。

　　順譯對口譯員的好處在於減少記憶負荷。此技巧注重立即解決眼前問題，資訊的輸入（input）與輸出（output）採即進即出方式，不因源語和譯語的結構殊異，而暫作保留或延後處理。

先以此短句爲例：

This morning I saw a lady who looks and talks like your late sister.

　　如果可以預看，一個可能的譯法是調動句構順序（reorder），將原文置於句中的「lady」挪至譯文句末，讓譯文聽起來比較自然：「今天早上，我看到一個長得像、說話也像你過世妹妹的女士。」另一個可能

的譯法是：「今天早上我看見一個像你過世妹妹的女士，連說話都好像。」

　　若無法預看或想節省時間，就「見招拆招」：「今天早上，我看到一位女士，她的樣子和說話方式，都像你已故的妹妹。」為了隨順源文詞序，也為了讓譯文更加自然，「looks」和「talks」的詞性順勢由動詞轉為名詞，並適時添加不會影響或改變原意的「方式」二字，銜接語意的同時，也避免譯文聽起來生硬。

Salami斷句

　　順譯經常與斷句技巧（chunking or salami[82] technique）合併使用，特別用於處理語義繁複的長句或長段落。對於無法一口氣處理掉的長句或長段落，便切分成一小句、一小段，依序處理。順譯並非逐「字」，而是逐「字塊」（chunk），也就是在看到一段文字（a chunk of text）時，譯者先試著斷句（to chunk）——將長句切割（divide or separate）成數個簡短的語意單位或「意群」（sense groups or messages）之後，順著句構順序翻譯。簡單地說，斷句就是將資訊拆分成比較好理解的意義單位（分段理解），方便記憶與口譯。

　　最常見的例子是手機號碼。多數人恐怕無法一口氣記住長達10碼的數字，通常需要切割成3個單位：09＿＿／＿＿＿／＿＿＿，才好記住。若加上國際電話碼，便再細分成4個單位：+886/(0)9＿＿／＿＿＿／＿＿＿，減少記憶

---

[82] 「斷句」有個有趣的別名——「切香腸」，得名自相傳源於義大利的薩拉米（salami）臘腸。薩拉米臘腸天生骨架大，直徑寬達10公分，個子長達50公分，需要切片才方便進食。後被借用於翻譯，用於處理繁複訊息，先簡化，再一小部分、一小部分地循序轉譯。

耗損，也加速訊息處理。其他諸如身分證號碼、護照號碼、存摺帳號或統一編號等，相信大家都會自動分組記憶，方便填寫。

　　視譯時的斷句分割符號通常以「/」作爲標記，落在前後文的語意暫停處。試想一個人說話時，並不可能一直說個不停，總會有停下換氣的時候，「/」便是書面上的換氣指標。話語裡的換氣或沉默時刻，若轉換成文字中的提示，可由標點符號、關係代名詞、連接詞、轉折詞或介系詞等線索判斷語意分切（segment）或語氣暫停（pause）所在。以此長句爲例：

A rotted wood door / at the end of the lane / leads to a dark cave / that is filled with / memories of the past, / and sometimes rubbish or cigarette butts-/ or a warehouse as an annexe to the main house.

DeepL線上翻譯：
巷子盡頭的一扇腐爛的木門通向一個黑暗的洞穴，裡面充滿了對過去的回憶，有時還有垃圾或菸頭——或作爲主屋附屬物的倉庫。

順譯（筆譯，講究詞藻）：
腐朽的木門位於巷尾，一路通向黑暗的洞穴，裡頭充滿了舊日回憶，有時也有垃圾或菸蒂散落四處——或者，洞穴亦權充倉庫，成爲主屋的附屬品。

順譯（口譯，口語表達）：
腐爛的木頭門就在巷子尾，通往黑漆漆的洞穴，裡面到處都是從前的回憶，有時也會有垃圾或菸頭——洞穴也會當作倉庫使用，變成主屋的附屬建物。

　　前文提過順譯會搭配重複、增加、刪減、壓縮、省略或填補等翻譯技巧，讀者可以試著辨識此例中運用了哪些不同方法。

　　斷句除了用在依序分切句子上，也可嘗試用於訊息重組，也就是將一個大組塊訊息拆成幾個小組塊，重新分類或排序，不僅便於記憶與處理，也更有效率地呈現譯文。下列數行訊息是關於「新聞編譯」[⑧]的工作條件，藉此說明訊息如何重整：

1. 非純粹逐句逐字的翻譯。
2. 擁有國際新聞知識。
3. 熟悉新聞寫作架構。
4. 具備新聞採訪、撰稿、彙整，以及編輯／編譯能力。
5. 關注國際事務。
6. 能以通俗流暢的中文語法譯寫英文新聞。
7. 對議題敏感度高。
8. 隨時掌握國際趨勢與資訊。
9. 對國際時事有濃厚興趣。
10. 能夠主動挖掘議題。
11. 整合不同的國際新聞消息或素材。
12. 邏輯力強，思路清楚。

以上十二條求職要求形成一個零散的大組塊，當中有許多訊息重複提及，如果逐句視譯，譯文必然顯得破碎、冗贅。若能將碎片訊息重新排列後，再加以分類，理出邏輯層次，資訊便能有效整合。掌握關鍵字詞有助於開展譯文，例如：將上述任意排列的訊息重整爲兩個組塊：

[⑧] 於104與1111求職網站上輸入「新聞編譯」後得到的部分結果，已重新編寫排序。（2022年11月）

1. Literacy in language and knowledge

　1-1 Reading and writing of foreign and local languages

　1-2 Skills of news writing and transediting

　1-3 General knowledge of international news

2. Ability to explore and analyse an issue

　2-1 Discussing a problem based on logical reasoning

　　第一個組塊側重「語言和知識素養」，再拆分成雙語讀寫基本功、新聞寫作與編譯技巧，以及和外電新聞常識；第二個組塊著重「處理議題的能力」，強調問題探索要奠基於清晰嚴謹的邏輯思維。將這十二條破碎訊息重新整合爲兩個組塊後，代表譯者對訊息經過一番思考與消化，讓訊息更具意義。譯者在了解內容後，以關鍵字或短語（中英文皆可，依個人習慣）標示架構，不僅有助記憶，訊息重點的傳譯也會更有效率。若無筆記工具，便善用圖像記憶技巧（見〈記憶訓練〉章節），臨場虛擬大綱。

文意填空訓練

　　爲了加強口譯員的理解、解釋與反應能力，文意填空（gap-fill or cloze）也是常見的訓練方式。用於視譯訓練的填空或克漏字練習，並非爲了測試譯者的單字量，而是爲了訓練譯者的預測（anticipation）能力──依據前後文線索，推敲文本含意。日後若運用於逐步或同步口譯上，則由談話主題、講者立場、聽者需求或其他現場跡象，合理猜測發言者欲傳達的訊息。因此，補進空白處的詞語並不需要百分百正確（accuracy），只要補足文意鋪陳，前後語意連貫（coherence），合乎上下文邏輯即過關。

練習文本中刪除的詞語單位，少至一個單字，多至一個短語，甚至是一句話，都有可能。刪除間隔從每五、六字便遮蔽或移除一個單位開始，逐漸縮短為每三、四字便留下一個空白單位，若每二、三個字便需要填空，口譯員的壓力必然節節攀升，當然也值得嘗試看看（課堂教學經驗往往證明，學生潛力無限）。

　　填空訓練非以相同語言練習，而是眼看英文，口說中文，反之亦然。讀譯的過程中，看完二至三個字後便開始口譯，遇到填空處便填入詞句（只在腦中填空，不用筆寫下），同時維持語速一致，表達流暢（fluency of delivery），避免因填空出現明顯的中斷或暫停。嘴巴在處理當前句子時，眼睛已預讀（read ahead）下一句。藉此練習，譯者學著判斷文意，測試自己是否合理傳達訊息。以下兩例混合成不規則的填空頻率：

例一：（外籍人士在臺灣經歷的文化衝擊：隱私與面子）

　　Taiwanese people are extremely open and ＿＿ which can make for a bit of a culture shock to ＿＿ that usually play their cards close to their chest. It's ＿＿ uncommon for ＿＿ to remark on appearance in a ＿＿ way ＿＿ no offense is intended. It's also perfectly ＿＿ to ask someone how much they ＿ ＿ or even what their ＿＿ tax bill was, which is ＿＿ for many expats to get their ＿＿. Then there are a number of ＿＿ customs and ＿＿ that only the locals seem to understand, but it's ＿＿ face that is the most difficult to ＿＿. Saving face can get tricky and easily cause ＿＿. It's a ＿＿ thing involving ＿＿ and ＿＿, and in truth, understanding only comes with ＿＿.[84]

---

[84] 完整段落見Ciaran McEneaney, 'The Cultural Struggle Every Expat in Taiwan Goes Through', *Cultural Trip*, 10 (2019). Web.

例二：（臺灣的珍珠奶茶走入全球市場）

　　來自臺灣的珍珠奶茶，不僅是臺灣人心目中的＿＿＿，＿＿＿一間一間開，約在10多年前，珍珠奶茶的＿＿＿也蔓延到＿＿＿，包括歐美、紐澳、香港、中國、東南亞、甚至＿＿＿的杜拜與卡達，都有人在賣＿＿＿。《紐約時報》一篇介紹珍珠奶茶＿＿＿的文章，提到「這幾年來，珍珠奶茶—來自＿＿＿的舶來品，進入了＿＿＿的世界」，「商人將這些充滿＿＿＿的新菜色，帶進了美國的大城市與＿＿＿」。[85]

　　視譯過程中，若真遇到「卡關」狀況，可稍微放慢口譯速度，爭取思考時間，搜尋解決策略，但得維持自然的說話節奏，避免前後速度失衡。斷斷續續的傳譯品質不僅影響聽的舒適，也可能讓譯文顯得生硬阻塞，導致譯者能力受到質疑。

　　除了移除擁有具體意義的字彙，像是名詞、動詞、形容詞或副詞，更具挑戰的練習是遮蔽表示文意邏輯的連接詞（conjunctions）與指示時空或方向的介系詞（prepositions），在在考驗譯者當下的理解與判斷，如下例：（有關臺灣老人的租房困境，房東擔心他們於屋內過世會影響房價）

　　Old Taiwanese struggle to rent apartments ＿＿＿ landlords worry they will die ＿＿＿ home ＿＿＿ drive ＿＿＿ property values. Mr Du lived ＿＿＿ a rental apartment in Taipei alone ＿＿＿ several years ＿＿＿ suffering ＿＿＿ mouth cancer. ＿＿＿ he died, his landlady swiftly went on a door-knock mission, informing the neighbours, including this writer, ＿＿＿ he did not in fact pass away ＿＿＿ the apartment-＿＿＿ while he had been ＿＿＿ on a one-day joyride in

---

[85] 完整段落見Abby Huang：〈來自台灣的珍珠奶茶，為何讓《紐約時報》改了三次標題？〉，《關鍵評論》，2017年8月19日。網路。

eastern Taiwan. The landlady breathed a sigh of relief. ＿＿＿ Du's body ＿＿＿ found in the house, the value of her property ＿＿＿ a thorough beating.[86]

圖表讀譯訓練

在這個流行以圖解資訊（infographics）傳遞與解釋訊息的時代，人們的視線常常先看圖內資訊，而非圖外文字。圖表資料（如：圖解、示意圖、表格、地圖、圓餅圖、條狀圖或折線圖）將大量的文字資訊簡化羅列，避免冗長敘述，幫助使用者快速理解訊息。

學會「讀譯」圖表有助於提升譯者的資訊整理與解釋能力，最重要的是學會迅速呈現重點。以「近五年臺灣通膨率」折線圖[87]為例，英譯可以這樣說：

The graph shows Taiwan's inflation rate from 2019 to 2023. It showed that inflation fell from around 0.5% to below 0% between 2019 and 2020, and then rose steadily until 2022, when it peaked at almost 3%. Inflation is predicted to decrease to around 1.7% in 2023.

說明圖表並不需要表現每一個數字細節，只要描述資料整體走勢，點出主要的變化特徵即可，避免一直重複數據而讓內容顯得枯燥乏味。在圖表解釋的訓練裡，譯者需要匯集形容數據變化的中英詞彙，並知道用

---

[86] 完整段落見Jens Kastner, 'Taiwan's Elderly vs Ghost-fearing Landlords', *Al Jazeera*, 8 October, 2014. Web.

[87] 曹悅華：〈朱澤民：明年通膨率有望低於2%〉，《工商時報》，2022年10月20日。網路。

法，像是：「grow steadily」（穩健成長）、「climb sharply」（急遽攀升）、「level off」（趨於平緩）、「slow down」（發展減緩）與「fall slightly」（小幅下降）等。

此外，練習「讀譯」可留意句型結構或詞性的變換，避免千篇一律的用語措辭。例如：前文此句「Inflation rose steadily until 2022, when it peaked at almost 3%」還有其他說法，像是：

1. Inflation continued to rise in 2022, peaking at 2.92%.
2. Inflation reached a peak of 2.92% in 2022.
3. As inflation increased gradually, it reached a high of 2.92% in 2022.
4. Inflation gradually increased to a peak of 2.92% in 2022.

阻力升級

若想要增加視譯技巧的挑戰，可以試試以下兩種訓練方式：

1. 訊息「洗牌」（reshuffling）

找一段250字左右的短文，先請搭檔打亂句序（如：原本句序是1-2-3-4-5，調整成1-5-2-4-3），再交由自己拼湊合理訊息。這個練習無須精準恢復原序，只要譯文符合文意邏輯或是譯出大意即可。失序的訊息會干擾理解速度，自然也就影響重組時的口譯速度，因此要小心保持平穩一致的說話節奏。

2. PechaKucha 20×20

藉助「20張投影片，每張20秒陳述」的簡報技巧，將視譯定時，規定口譯要在「n張投影片×20秒時間」內完成。因為投影片每20秒便會自動跳至下一張，口譯時只能取重點，捨贅言。也就是說，譯者要在20秒內傳達最主要（primary）的訊息，排除次要（secondary）資訊，放棄翻譯投影片上的所有內容。

上課時曾以羅東林場的運材歷史為題，拍攝20張環池步道上的導覽圖文，裁剪掉英文介紹後，製作成簡報，作為上課訓練題材。若使用的題材涉及領域知識用語，必須讓學生事先調查準備，才不至於使練習失焦。

以上兩者皆頗有難度，一個會讓學生擔心理不出頭緒而慌亂，另一個則害怕趕不及下一張投影片而心急。不管練習結果如何，都是訓練神色不驚、鎮定自若的好方法。

轉述策略

　　口譯入門的課堂上多會將練習重心放在「轉述」（reformulation）策略。在訊息（message）要求精確的前提下，「轉述」或是「重新表述」意味改變字彙、措辭、詞序、句序，乃至句構，旨在追求一個文法與句法皆正確，且語感自然的譯本。[88]「轉述」通常包含「改述」（paraphrasing）和「概述」（summarising）兩個技巧：

改述或換句話說

　　「改述」（paraphrasing）或「換句話說」（in other words）指的是以其他詞語「重新釋意」或「重述」（restate）一段話裡的意義。口譯工作難免遇上詞窮或突然想不起某詞彙的心慌時刻，這時候可以藉助換句話說，使用不同的話語傳遞訊息。

　　「換句話說」技巧對譯者有四項訓練重點：

(1) 加速語言反應。
(2) 靈活處理訊息。
(3) 擴充詞彙（如：字詞聯想）與句法（如：主被動式轉換）。
(4) 擺脫字對字的文字束縛。

　　最簡單的「換句話說」從「換字」或「改字」（rewording）開始，藉由同義詞（synonym）替代，像是「discreet→careful, low-key, wary」；「仇恨值→反感、惡感、討厭感、負面聲量、觀感不佳」，

---

[88] Andrew Gillies, *Conference Interpreting: A Student's Practice Book* (Oxon: Routledge, 2013), p. 220.

或以「通用字詞」（generic words）替代，例如：「making of a Vicuña suit」中的「Vicuña」（小羊駝毛）可以換成「（頂級奢華）布料或織品」。

日俄同步口譯員米原萬里（Mari Yonehara）分享脫離詞窮的技巧，表示萬一當下對某單字實在沒印象，而該字正好是關鍵字，便用別的話語來表明所代表的事物或概念，比方說，想不起「岳父」，便說「妻子的父親」；記不得「蜻蜓」，便講「很像直升機的昆蟲」。[89]

解釋（explaining）也是常見手法，用來介紹時下新語或外來語彙和習俗，讓在地觀眾更清楚陌生概念：

例一：nomophobia→no-mobile-phone-phobia→fear of being cut off from mobile phones→I'm getting edgy when my phone isn't with me.

例二：finfluencer→financial influencer→someone who gives money and investment advice on social media.

例三：*hongbao*→money in a red packet as a gift→Chinese New Year and weddings are occasions when *hongbaos* are given as tokens of good wishes.

改述他人的話語時，最重要的原則是「意旨是別人的，說法是自己的」——用自己的話（in your own words）重新釋義，包含字詞及語句結構的更換，並非只是單純替換同義詞（synonym）或反義詞（antonym）。也就是說，講者話語中的主要想法（main idea）與觀點（point of view）必須保存且正確傳譯，但措辭用語（phrasing or wording）由譯者視情況需求調整，通常會以更加簡單明瞭（simpler and

---

[89] 米原萬里：《米原萬里的口譯現場》，張明敏譯（新北市：大家，2016），頁278-279。

plainer）的方式改述。但若源語已相當口語直白，換句話說的難度難免升高，此時不妨以精煉的句型爲改述原則，以下例說明：

Normal anxiety is an emotion that we all get when we are in stressful situations. For example, let's say, you're out in the woods, and you come face-to-face with a bear. This will probably make you feel a little bit anxious, and you'll probably want to start running like crazy. This anxious feeling that you get is good because it protects you, it saves you, and it makes you on a high-tail it out of there, although maybe it's not such a good idea to start running when you see a bear.[90]

換句話說：

Anxiety occurs when we are under stress. Say, for instance, you meet a bear while walking through the forest. If this happens to you, your anxiety may go up and you may want to run for your life. You should feel anxious as it will keep you safe and encourage you to flee the area, even though you shouldn't start running when seeing a bear.

　　「換句話說」後的譯文長度通常要求與原文大致相同。此例在改述時，選擇更爲簡練的句型，因此改述後的長度比原來的短，但並未任意刪除任一句子或訊息。
　　「換句話說」若涉及解釋，需要說明、補充或釐清訊息，譯文便可能比源文長：

[90] Olivia Remes, 'How to Cope with Anxiety', *TED Talks*, 13 March, 2019. Web. （見3分32秒至4分8秒處）

源文：

When the Clock Kicks at 4, the tearoom on South Plaze, makes a lovely cream tea.

譯文1（順譯）：

「當時鐘敲響4下」茶館，位於南區廣場，提供美味的下午茶。

譯文2（特別解釋cream tea）：

位於南區廣場的茶館「當時鐘敲響4下」，提供濃醇的英式奶油茶套餐，包含司康餅（scone）、草莓果醬（strawberry jam）、奶油醬（clotted cream），再搭配一杯茶。

　　最後，「換句話說」有三項「禁忌」必須注意：(1)不遺漏或改變任何事實；(2)不能改變訊息邏輯；(3)不能改變講者的態度、語氣或觀點。

概述或大意

　　雖說口譯講求完整呈現講者原意，盡量不擅自增刪訊息，以免有損訊息信實和完整，但有時迫於時間壓力或顧及各方需求，不得不選擇直接說重點。無論是譯為「概述」、「摘述」或是「摘要」（summarising），其實就是「說大意」（main idea）的意思。譯者簡短精確地（briefly and accurately）總結講者話中的主旨或要點（gist），而非從中挑選數句，隨意拼湊。

　　此外，既是擷取要點，便表示須排除瑣碎細節（通常是舉例、數據或日期等），以及次要或重複的訊息。原文的書面摘要（如：英進英或中進中）通常會將大意長度降至原文的1/3至1/4左右，甚至更少。口譯

摘要（如：英進中或中進英）的時間相對多一些，例如：一分鐘的英文可能濃縮至2/3長度（40秒）。

與改述技巧的原則相同，譯者以自己的話（in the interpreter's own words）傳達講者的意見或想法，且重要訊息皆得保留，不能隨意忽略。以下舉例簡單說明：

例一：

Scarcity of several high-profile prescription drugs, such as the antibiotic amoxicillin and the ADHD treatment Adderall, have had some patients searching pharmacies and rationing pills, and now parents in some areas are having to hunt to find over-the-counter pain-and fever-reducing medications for their sick kids.[91]

若未完整消化這句話，只任意合併頭尾訊息，得出的大意雖短潔，但顯然與源文訊息有所出入：

處方藥的短缺讓父母忙著為生病的孩子找藥。

上例雖只有一句話，卻包含兩個訊息，皆須傳達，才算精確概述：

熱門處方藥的短缺讓病人急著到處找藥，也讓家有病童的父母著急。

（As popular prescription drugs are in short supply, patients and parents with sick children are struggling to get them.）

---

[91] Brenda Goodman, 'Empty Pharmacy Shelves Shine a Light on Vulnerabilities in Us Drug Supplies', *CNN*, 12 December, 2022. Web.

例二：

　　Wickremesinghe told lawmakers that negotiations with the International Monetary Fund (IMF) to revive the country's "collapsed" economy are "difficult," because the South Asian nation of 22 million has entered the talks as a bankrupt country, rather than a developing one.

　　"We are now participating in the negotiations as a bankrupt country. Therefore, we have to face a more difficult and complicated situation than previous negotiations," Wickremesinghe said in parliament.

　　"Due to the state of bankruptcy our country is in, we have to submit a plan on our debt sustainability to (the IMF) separately," he added. "Only when they are satisfied with that plan can we reach an agreement at the staff level. This is not a straightforward process."[92]

以上三段是關於斯里蘭卡破產的新聞段落，當中不斷重複出現四個關鍵字：「negotiation」、「difficult」（「not a straightforward process」視作相同概念）、「bankruptcy」（「collapsed economy」視作相同概念）和「IMF」，末段的「plan」代表該國提出的解決方案。綜合關鍵字代表的意涵後，試著以一句話總結：

　　斯里蘭卡在破產的情況下，很難向國際貨幣基金組織尋求紓困，但總理威克瑞米辛赫仍努力提出可行的償債計畫，以換取金援。

　　（Prime Minister Wickremesinghe is trying to come up with a viable debt repayment plan in return for IMF's financial assistance despite Sri Lanka's bankruptcy.）

---

[92]　Iqbal Athas, Chris Liakos, Rhea Mogu and Daniela Gonzalez-Roman, 'Sri Lanka is "Bankrupt," Prime Minister Says', *CNN*, 6 June, 2022. Web.

　　「講重點」其實就是在重新編輯訊息。有些相同概念會在文章中不斷重複，有些話語或想法則被發言者反覆提及。「大意」便是省略多餘累贅的內容（redundancies），將長篇大論的談話或文章「一言以蔽之」。

　　想精進「講重點」的技巧，檢視自己的逐字稿是有效的管道。藉助數位科技之便，譯者可以透過人工智慧（AI）語音辨識技術（如：Otter、Speechnotes和雅婷逐字稿等即時筆記工具應用程式），立即將自己的口譯內容自動生成為文字。一練習完，譯者可以馬上看到剛剛說的話，從中審視判斷。依據經驗，逐字稿轉錄訓練能幫忙辨識邏輯組織上的缺漏、改善「語言癌」、減少不必要、重複的話語。堅持執行逐字稿的練習，久而久之，口語中的枝枝節節會自然降低，讓訊息更精煉。

其他應對策略

　　譯者雖擅長拆解訊息，但也並非無所不能。有時候在時間與心理的壓力下，易受源文束縛，使得譯文的陳述和結構顯得生硬；有時候問題則出自對原文理解與譯文表達的障礙。[33]為了解決眼下難題，譯者常須藉助不同的應對策略（coping solutions），或是混合使用。較為直覺且容易上手的有「轉換（化）」（alteration or transformation）、「增補」（addition）、「簡化」（simplification）、「省略」（omission）、「原語重現」（sound reproduction）和「概括」（generalisation）等。以下略舉數例說明：

---

[33] 《口譯教程》，雷天放、陳菁主編（上海：上海外語教育出版社，2006），頁140、152。

轉換（化）／增補／簡化／省略

例一：She is a level-headed and practical person.
（她是個平和務實的人→她頭腦冷靜，做事踏實。）

譯者刻意改變句子樣態或結構，讓譯文的表達更豐富，或是更貼合譯語習慣。

例二：He is 5'7" tall and weighs 11 stone.
（他5呎7吋高，11英石重→他身高約170公分，體重約70公斤。）

除了詞性與句型結構的替換，貨幣、長度、體積、面積等單位換算，都可能為了服務在地觀眾而調整。

例三：
Sam Bankman-Fried, the CEO of FTX, had built a £21bn business empire. In just 3 days, however, FTX collapsed after a series of bombshll alligations. In a day, Bankman-Fried's wealth plummeted by 94%, the biggest drop ever experienced by a billionaire.
調整前：
山姆·班克曼－弗里德是FTX的執行長，曾建立一個210億英鎊的商業帝國，然而僅僅三天，FTX便因一系列爆炸性控訴而倒閉。一天之內，班克曼－弗里德的財富暴跌94%，是有史以來億萬富翁經歷過的最大跌幅。
調整後（加註策略說明）：
山姆·班克曼－弗里德是世界第二大加密貨幣交易所〔補充說明〕FTX的執行長，曾建立約市值臺幣8000億〔貨幣單位轉換〕的商業帝國，但

在三天內，FTX因一連串重磅指控倒閉。一天之內，他〔簡化〕的個人〔增補〕財產大幅〔增補〕縮水了94%，創下歷史紀錄〔省略〕。

顧及觀眾可能對議題內容陌生，適當的增（補充說明）減（略過或簡化）可以讓訊息的傳遞更迅速清晰、更易理解。

原聲重現

例四：

Karōshi is a Japanese term that has entered the English lexicon, meaning death from overwork. It conjures images of the archetypal salaryman, working long hours at his white-collar desk job.[94]

（日文字「Karōshi」已經成為英文字彙，意思是工作過於勞累而死亡，以長時間坐辦公室的白領上班族為代表。）

例五：

Have you ever had that weird feeling that you've experienced the same exact situation before, even though that's impossible? Sometimes it can even seem like you're reliving something that already happened. This phenomenon, known as déjà vu, has puzzled philosophers, neurologists, and writers for a very long time.[95]

---

[94] Nyri Bakkalian, 'Japanese Woman's "Death by Housework" Goes Unacknowledged', *Unseen Japan*, 9 September, 2022. Web.

[95] Anne Cleary, 'What Is Déjà Vu? Psychologists Are Exploring This Creepy Feeling of Having Already Lived Through an Experience Before', *The Conversation*, 3 October, 2022. Web.

（你有沒有過那種奇怪的感覺，好像曾遇過一模一樣的情況，但其實不太可能？有時甚至會覺得正在經歷已經發生過的事。長期以來，這種被稱爲「déjà vu」的現象一直困擾著哲學家、神經學家和作家。）

　　以上兩例包含外來語——「karōshi」和「déjà vu」。譯者若懂，可以直接譯出，但有時也可能思考講者使用外來語的目的、該詞於上下文中的功能、譯者不識該詞或其所屬語言，或出自其他考量，而選擇模仿（imitate）聽見的外來語發音。

　　好萊塢演員法蘭西絲・麥朵曼（Frances McDormand）於2018年榮獲奧斯卡最佳女主角獎，她在致詞尾聲說了句「I have two words to leave with you tonight, ladies and gentlemen, inclusion rider（各位嘉賓，今晚我有兩個字要留給你們—inclusion rider）」。[96]當時的同步口譯轉播似乎因未譯出或「略過不翻譯」「inclusion rider」而遭受媒體批評。[97]然而要求譯者在第一時間譯出「多元包容附加條款」，或是更進一步解釋其有「確保演職員的多元共融，創造更平等的工作環境，提供弱勢族群更多影視機會」之意，恐怕眞的強人所難。何況當時許多收看節目的英美觀眾也不了解該詞意思（Many people watching the Oscars were left scratching their heads.）。[98]

　　對於新創的、屬於某個知識領域，而且還未廣爲人知的詞彙，如果沒有足夠的前後文線索可供理解或推測，口譯員當下通常傾向保守處

[96] *Frances McDormand Wins Best Actress*. Oscars. YouTube. 17 April, 2018. Web.

[97] 劉世傑：〈被消失的奧斯卡翻譯，影后呼籲的多元包容附加條款〉，《蘋果新聞網》，2018年3月5日。網路。

[98] Martin Belam and Sam Levin, 'Woman Behind "Inclusion Rider" Explains Frances McDormand's Oscar Speech', *The Guardian*, 5 March, 2018. Web.

理，以上述例子而言，避免擅自按照字面直譯成自己當下可能也不甚明白的「包含騎士」。萬一誤譯引來過度偏差的解讀，恐怕造成負面回響。遇到類似狀況，省略或靜默可能是不得已的做法，雖不盡理想，卻是相對安全的選擇，而「複製原聲」則可免除句子出現猶豫和未竟之感，盡量避免讓聽眾困惑。

概括：翻大不翻小

「概括」（generalising）是另一個實用便利（handy）的技巧，常用於處理數字和例子——掌握廣泛大資訊，放棄具體小細節。若遇到記不住或來不及筆記的狀況，便可使用此技巧。以下句為例，中文裡的數字（「387877」和「5.3%」）原本精確具體，英譯時只擷取大概（「380000」和「more than 5%（5%以上）」）：

源文：單就年度銷售表現而言，截至今年前11個月的新車總銷售量為387877輛，與去年同期相較衰退幅度達5.3%。市場排名依序為Toyota Crolla Cross、Toyota RAV4、Honda CR-V、Toyota Corolla Altis、CMC Veryca，以及Nissan Kicks。

譯文：In terms of annual sales performance alone, total new car sales for the first 11 months of the year were over 380000, a decline of more than 5% compared to the same period last year. Top performers in order were Toyota, Honda, China Motor, and Nissan.

「概括」技巧有時要先學會分類（classification），透過「上義詞」（superordinate or hypernym）與「下義詞」（subordinate or hyponym），將同性質的事物分門別類，劃分層次，必要時「以大翻小」

或「翻大不翻小」，以求訊息精簡。例如：以「flora and fauna」（動植物）代替「grass, trees, flowers, lambs, horses, tigers」（草、樹、花、羊、馬、虎）；以「marine mammals」（海洋哺乳動物）代替「dolphins, seals, otters」（海豚、海豹、水獺）；以「vehicles」（車輛）代替「bikes, cars, lorries, ships」（自行車、汽車、貨車、船）；以「health check」（健康檢查）代替「chest X-ray, ECG, blood sugar test, BMI」（胸部X光、心電圖、血糖測試、BMI）。

🌱 口譯現場的觀摩學習—「冒牌」口譯員 🌱

　　對口譯學生來說，觀摩會議現場的口譯活動，是體驗口譯實戰的絕佳場合，可以藉機觀察局部口譯行政過程、前輩如何運用口譯技巧解除危機，或是從中探得職場期望，可說是較無壓力的職前訓練。以旁觀者的眼光，看著整個口譯團隊在現場的工作流程、認識各種軟硬體設備，與單純擔任口譯員在臺上或口譯廂內工作，是兩種截然不同的經驗。

　　會議現場呈現各種口譯大小事，提供學生豐富的學習機會，藉以一窺工作實況，像是：

・駐場工程師的工作實況，如：架設活動口譯廂與口譯器材、口譯中隨時監測調整。
・口譯廂設備（同步口譯耳機與接收器）的租借服務。
・口譯員與主辦單位或IT人員於現場的事前溝通。
・口譯員的職場穿著與到場時間。
・缺乏固定或組裝式口譯廂的同步口譯方式。
・好奇的觀眾圍觀同步口譯員工作實況。

．國外講者臨時無法前來，口譯員當下透過視訊口譯。

．譯者身兼主持，操持雙語自說自譯。

．主辦方人員搶著口譯，甚至加油添醋，以講者之名，發表己見。

．譯者還未開始翻譯或尚未譯完，主持人便接續發言，繼續主持。

．對英文一知半解的講者，以為譯者失誤，在臺上直接插嘴提醒譯者。

．疫情之下的遠端口譯（remote interpreting）——從IT團隊事先寄發
　email，說明當天如何在虛擬會議平臺上聽取同步口譯，到口譯員搭
　檔在線上的合作與口譯品質，或是在半實體半線上的混合會議（hy-
　brid conference）中的燈光架設與場地布置等。

　　除了觀摩，口譯系所通常會安排學生實地見習，在「模擬同步口譯
廂」（dummy booth，另譯「虛擬口譯廂」）裡實際參與會議流程，聽
講者發言，練習口譯。「模擬同步口譯廂」是會議現場的真正口譯廂，
只是會議中剛好未被使用，保留給學生或實習生坐在裡面觀摩前輩的工
作實況，同時練習口譯，但麥克風須關閉。

　　到場觀摩的學生雖是「冒牌」（dummy）口譯員，關閉麥克風
說話也看似「傻瓜」（dummy）一樣，感覺自己的口譯「假假的」
（dummy），但模擬廂是同步口譯訓練的一部分，值得認真以對。進
模擬廂前請記得：

(1) 麥克風一定要關閉，以免與會人士聽見未臻成熟的口譯表現。

(2) 以真正接案的心情嚴陣以待，確實做好事前的工作準備，且提早抵
　　達現場。

(3) 避免一坐下就口譯，先聆聽15至20分鐘，熟悉術語字彙、講者的說
　　話方式，以及會議氣氛，進入狀況後再開口。

(4) 不需要拚命不停地練習，每15或20分鐘便暫停休息，職場上的口譯
　　員也通常在這個時間波段換手（shift-change）。

(5) 進入口譯廂前，給自己一、兩項提醒（例如：不要過度使用一些字彙、不要一直發出「呃」的填補詞、每句話要說完整），休息時再檢視自己有沒有做到。

(6) 雙人一組可以觀察彼此表現，以便事後討論；單人練習便錄音回放。

(7) 若得到前輩指點，記得聚焦在基本口譯技巧的改進（如：碎碎唸般的口譯），而非偶發失誤（如：用錯一個動詞片語）。[99]

🌿 會議口譯以外的口譯活動 🌿

　　現今的口譯教學與學習重心大多以「會議口譯」（conference interpreting）為主，但與一般民眾較為貼近的口譯活動，其實並不是跨國的專業學術、商務或外交會議，而是體現在尋常的生活、學習與工作中，諸如教育展、書展、藝術展、旅遊、房屋租賃、運動比賽、新聞採訪、電影首映、明星見面會、銀行辦事、產品行銷、百貨購物、家庭訪視、烹飪／空調／彩妝／美髮／舞蹈等示範教學、市調座談，以及校園裡的交換學生事務等，林林總總，不勝枚舉，只要活動中涉及不懂當地語言的人員，口譯行為便會發生。

　　絕大多數的學生，或可說是幾乎，日後都不會從事專職口譯，特別是會議口譯。電影裡的會議口譯員總被描繪成不停地穿梭各國機場、不斷地進出同步口譯廂，或是光鮮亮麗地出席餐會宴席。勒卡雷（John le Carré, 1931-2020）的小說 *The Mission Song*（2006）（臺譯《使命曲》；

---

[99] 'Tips for Dummy Boothing', *Interpreter Training Resources-Resources for Students of Conference Interpreting*, (2022). Web.

陸譯《倫敦口譯員》）更將英非混血的主人翁描述成身兼間諜的頂尖口譯員，最後還遭到通緝，身陷囹圄。然而，這樣的職場面貌顯然與一般民眾相隔遙遠。

常說「技多不壓身」，許多人可能只需要口譯是個技能，有助於自己順利執行業務，並不需要也不打算成爲專職口譯人員。若瀏覽求職網站，輸入「口譯」搜尋合適職位，會發現多數的口譯工作常常與其他職務或職責結合，僅是「技能組合」（skill set）中的一部分而已。是的，「而已」。

口譯不是只有一種，口譯員也不是只有專業會議口譯員一種。不同的職場上其實都存在某種「臨時的、暫時的、充當的」口譯員，出現在郵局英語櫃臺、查廠隨行、教育訓練、車站機場、軍隊、警局或企業等場合，在「正好有需要」的時刻與名廚美食家溝通、幫老闆與外國廠商接洽，或是協助外賓處理點餐、購物與訂票等事務。

有些全職口譯員在電話中工作，例如：日本觀光廳推出附有醫療口譯的旅行平安保險，萬一在日本生病或受傷，具有醫療知識的的客服人員便會協助旅客與醫生溝通。有些口譯員則爲球隊工作，與球員一樣穿著運動服、留著汗，無論是在球員休息室或球場燈柱下，都會看見他們工作的身影。有些口譯工作則屬於短期支援性質，像是在某職訓中心服務一個半至二個月，協助來臺取經的外籍學員，學習某職業的技術士證照制度。課堂成員可能僅三名，講師、學員與口譯員各一位。老師與學生皆擁有專業知識，但缺乏共同語言，便由口譯員居中傳譯。

每個人的心性與職志不一樣，不喜歡或不擅長會議口譯（以單向傳譯爲主）的人，並不表示他們對口譯沒興趣、缺乏口譯能力，或是不想從事口譯工作。也許其他類別的口譯工作才能眞正燃起他們的熱情。

有回上課以棒球選手鈴木一朗（Ichiro Suzuki）爲主題，使用他獲頒「水手隊史成就獎」（Mariners' Franchise Achievement Award）的全

英語致詞⑩為練習題材。影片全長約5分鐘左右，鈴木讀稿速度不快，即便帶有日語口音，但無礙文意理解。只是若遇上專有名詞，像是發言中提及的選手姓名或棒球術語，多數不諳棒球的學生大多不是採用「原聲重現」方式，便是搜尋其他更適合當下情境的做法（見〈技巧學習〉章節）。

　　班上湊巧有名學生是球迷，口譯時的用語措辭熟稔道地，一聽便知是「內行人」，專業感十足，臨時向他請教有關人物或術語問題時，也都能毫不猶豫地為大家釋疑，幫忙多數為「外行人」的同學了解。兩週後，都還有人提及他當天令人印象深刻的口譯表現。相信以他對棒球的知識與熱情，若要進一步挑戰鈴木入選「水手名人堂」（Seattle Mariners Hall of Fame）的16分鐘英語致詞⑩，一定也會有精彩的口譯表現。

情境模擬演練：公益慈善、市調座談、面試彩妝

　　在以會議口譯為訓練導向的課堂上，學生難免繃緊神經，每到進行模擬會議（mock conference）的週次，加上服儀規定，教室氣氛格外正經。他們常在期末表示對口譯課又愛又怕的心情，既想勇敢地上臺練習，又恐懼被點上臺，好不容易上了臺，總是小心斟酌著句法與用字，百般顧忌，就怕在眾人面前譯錯，倍感壓力。此外，商務、外交、科技或環境議題較為嚴肅，也不見得是自己感興趣的領域，準備起來頗具

---

⑩ 演說影片和講稿全文見TJ Cotterill, '"Thank you, Seattle ... Now Let's Play Baseball": Ichiro Delivers Speech to Mariners Fans in English', *The Seattle Times*, 15 September, 2023. Web.

⑩ 演說影片見*Ichiro's Mariners Hall of Fame Induction: FULL SPEECH*. Seattle Mariners. YouTube. 28 August, 2022. Web.

挑戰。

　　一旦跳脫會議框架，練習的模式以對話為主，或是題材與個人生活及未來職場有較多關聯，就算沒有比較簡單，籌備也更花時間，但教室裡便開始浮動著「好像很好玩」的氣氛。加上他們先前在「逐步口譯」、「國際會議與英語簡報」、「筆譯」或其他課程得到的訓練，也都有助於他們應付一個完整的情境演練。

　　一次口譯活動（中進英）以「公益慈善」為主題，介紹花蓮玉里天主堂的劉一峰神父（Yves Moal）。他25歲隻身從法國來臺，全心投入弱勢族群的援助與照顧，特別關照年老的身心障礙者。他從一句中文也不會，到現在連臺語都會講。學生要事先準備有關劉神父的背景資料，透過各種平面及影音新聞報導，以及他服務的機構網站，了解他的生平和投入的社福活動。當天選擇的影片以全中文訪談[15]為主，另搭配含有法文及客家話發言（附有中英文字幕）[16]的影片。前者有主持人的開場白和結語，加上與來賓的對話式訪談，句長適中，口譯不需要筆記。後者則有字幕輔助視譯練習，至於旁白夾雜來賓談話的片段，則以譯出主旨（gist）為主，去除瑣碎細節，有組織地說大意、講重點。無論是哪支影片，都需要掌握短潔迅速的口譯節奏，挑戰不做筆記的「沒安全感」，還考驗記憶，特別是後者的擇要點而譯，必須大幅壓縮口譯時間。

---

[15] 《【真情映台灣】20130918-劉一峰》，大愛電視，YouTube，2013年9月18日。網路。

[16] 《《活力新故鄉》EP32：法國X劉一峰《Home, sweet home》【Fr SUB】》，客家電視，YouTube，2021年2月22日。網路。

又一次，規劃了以「髮品」（hair care products）為主的市調座談會（焦點團體口譯，Focus Group Interpreting）（中／臺進英），準備二頁的討論指南（discussion guide），簡單描述工作流程及涵蓋問題，餘下便交由主持人團隊自行籌劃。口譯活動前一天，主持人透過電子郵件，主動告知三位受試者人選和各自的人物設定及說話風格，以及教室布置概念圖。活動當天，一進教室，桌椅已重新排列成設計圖樣，且安排好不同角色的座位。口譯活動進行中，主持團隊還特別投影自製的十頁簡報，包含自行設計的品牌標誌（logo）、討論項目（包裝、香氣與功能），以及包裝瓶的各個部位說法，現場氣氛有模有樣。其他同學並不知道當天自己是否會被指定擔任口譯員，但從桌上筆記和臨場表現，便能看出事先花了相當工夫，準備背景資料、術語詞彙和措辭短語。

　　再一次，考量他們即將畢業踏入職場，便規劃「職場新鮮人面試必勝彩妝」的口譯活動（英進中）。當時的大三班級裡有位同學擅長彩妝，未來也打算以此為職志，便邀請他擔任講師，為學長姐演示彩妝步驟。當時全臺的大學已因COVID-19疫情進入網路教學模式，因此與講者的事先接洽和譯者人選都透過電子郵件及視訊討論，還簡單製作宣傳海報，增加口譯活動的真實感。向來習慣放手讓學生自行組織及運作活動，僅提醒擔任引言人、講師及負責觀眾提問的譯者群一些注意事項（如：由於戴口罩的關係，講師會特別強調眉眼處的彩妝、彩妝工具及產品的中譯、示範過程可能會使用的術語、言談中帶有動作的口譯節奏掌握，以及負責Q&A的譯者是否需要身兼主持等），餘下便由選出的經理（project manager）主導，負責流程及場控，也包括危機處理的預備方案。

　　當日的口譯演練在線上進行。無法實地面對面交流的活動，難免會發生講者與譯者「搶話」情形，尤其彼此不熟，缺乏默契，但這也是口譯現場會出現的情況。開場沒多久後，引言人在與講師銜接時，忘了讓口譯員說話，講師隨即開始熟練地示範講解，直到自己想起忘了口譯

環節。事後匯報，特別向負責引言人口譯的同學詢問如何不動聲色地解決問題。他們表示當時也因無法接手口譯而心慌，幸好經理立刻透過LINE傳訊，指示補救方式。

運動場上：水原一平

　　最知名的運動領域口譯員應屬水原一平了（Ippe Mizuhara）。他是日本棒球選手大谷翔平（Shohei Ohtani）的口譯員，贏得球迷盛讚爲「地表最強翻譯」的美譽。不同於專心負責翻譯的會議口譯員，水原除了展現英日雙向口譯的能力，還身兼大谷的貼身助理、私人公關和陪練員，爲他打點生活起居，協助他與球隊溝通，甚至在賽事爆發球隊衝突時，展現危機處理能力，衝上場保護大谷。[14] 即便大谷只是在開幕賽的紅毯上一時迷路，水原也會即刻向前救援，將大谷領至受訪區。[15] 水原一人身兼數職的「多工」能力深受球隊重視，被視爲重要一員，球隊甚至特別爲他製作球員卡，介紹他的口譯員身分。[16]

　　對水原來說，身爲譯者，他最主要職責是協助大谷與球隊溝通順暢，促進雙方理解，但他也同時照顧大谷的日常生活，確保大谷能夠安心打球。除了溝通強項，水原最令人欽佩的能力，就是贏得大谷及球隊

[14] 盧品青：〈保護大谷翔平！翻譯水原一平加入混戰獲日球迷喊讚〉，《中時新聞網》，2022年6月27日。網路。

[15] 賴冠文：〈大谷翔平走紅毯卻迷路　翻譯水原一平即刻救援〉，《ETtoday新聞雲》，2023年4月8日。網路。

[16] 〈大谷翔平的翻譯太紅了　天使幫他出球員卡〉，《自由時報》，2018年6月6日。網路。

的信賴。大谷曾表示：「5年間一起在火腿隊，我就很信任他，由他來當我的翻譯，我眞的很放心。」[17]

球隊讚賞水原的翻譯，稱揚他有譯出言外之意（overtones）的能耐。教練欣賞他能夠「精準傳達語意背後的微妙語感」，幫助他們掌握大谷的當下狀態及感受。[18]除此之外，水原還懂得拿捏人際距離，注意身爲譯者的職責與定位，與大谷的公私關係維持巧妙平衡，讓彼此的相處充滿默契且自然和諧。

旅途當中：倫敦藍牌導覽員

最常令人聯想到口譯行爲的工作可能是領隊、導遊。無論是帶團出國，或是接待來訪遊客，都有語言轉換（language transfer）的需求，有時是導遊自己雙語切換，有時是領隊幫忙翻譯國外導遊的話，當中亦牽涉跨文化溝通（intercultural communication）。

導遊培訓跟譯者養成有雷同之處，例如：以深度導覽聞名的「倫敦藍牌導覽員」（London Blue Badge Tourist Guide）向來被有志之士視爲挑戰或夢幻工作。想要取得這張官方最高級別的導覽證照，須先接受爲期一年半的講習、實作與自學，學習邊走邊說與定點簡報溝通技能、廣泛的文化知識背景、對首都及周邊區域的深入了解，以及對觀光產業的認識。[19]

---

[17] 齊藤庸裕：〈他從日本來，從沒打過棒球，卻是大谷翔平最重要夥伴！身兼翻譯與好友的水原一平〉，《風傳媒》，2021年11月13日。網路。

[18] 同前註。

[19] 'How to Become a London Blue Badge Tourist Guide', *Guide London.* Web; 'London Blue Badge Course', *Institute of Tourist Guiding.* Web.

　　來自臺灣的高嘉良花了二年取得資格。合格的臺灣導覽員僅十餘名，他是當中一位。高嘉良表示，課程內容約百種，包含文學、歷史、地理、藝術、建築、園藝、天氣等，還得熟悉最新時事（如：脫歐），將熱門議題帶給好奇的旅客。[⑩]如此「上知天文、下知地理」的高要求，加上對公眾說話的能力，與口譯訓練確實有重疊之處。

　　導遊或導覽重視簡報及敘述能力，同時依據聽眾屬性及興趣，設計合適內容及表達方式，努力讓旅客願意聆聽導覽內容、了解在地文化，不能單單只是介紹、僅僅只是翻譯。能言善道、侃侃而談並不等於是有效的傳達。例如：若介紹工藝的用語過於艱澀卻無白話解釋、講述內容過於冗長累贅，或是忽略兒少族群耐心有限，旅客可能就放棄聆聽，更遑論認識異文化了。高嘉良提醒，導覽要懂得如何和不熟悉領域知識的旅客溝通，以適合他們的對話方式，說出「吸引人、對比性強」且「兼顧知識與娛樂性的好故事」。[⑪]

---

⑩ 安妮／本初子午線觀察記：〈讓萬中選一的「倫敦藍牌導覽員」告訴你：我們為什麼需要深度旅遊？（脫歐後補充）〉，《換日線》，2020年2月6日。網路；Leslie Chung：〈倫敦「藍牌」導覽員的概念，就像《中華一番》的「特級廚師」〉，《The News Lens關鍵評論》，2018年8月23日。網路；柯曉翔：〈知識導遊來了part2——英國藍牌導覽員行走的百科全書歷史宗教到明星買房都知道〉；《alive（商業周刊）》，2020年4月23日。網路。

⑪ 同前註。

節目轉／直播：播譯

《艾美獎Amy講》播客曾邀請口譯員簡德浩接受訪談（見2023年4月21日節目），與聽眾分享他「播譯」第95屆奧斯卡金像獎頒獎典禮的過程，主持人蔣希敏（資深口譯員）從旁介紹、補充「播譯」的概念。不同於完全口譯的形式，「播譯」指的是「播報」加上「口譯」。在傳統的口譯模式裡，口譯員是講者的分身，必須盡量精確完整地翻譯發言，若遇上聽不懂的內容，寧可保持沉默也不任意補充或創造訊息。在新聞、典禮或賽事的轉播過程中，播譯員則像是口譯員身兼時事評論員、影評或球評，雖身負口譯之責，卻無須逐字逐句翻譯，可選擇摘譯。播譯員通常會單獨或與另一名評論員共同搭檔主持，在轉播的空檔（例如：節目無人聲出現、音樂過場或環拍現場時）彼此互動、搭話，為觀／聽眾補充或解釋資訊。在播譯的模式裡，主持是主要任務，口譯則是輔助。

在口譯的職場上，已有不少口譯員身兼雙語司儀或主持。在課堂裡，比起傳統的口譯形式，「播譯」似乎也默默吸引著年輕世代的關注。某週課後（2023年5月），兩名學生興沖沖地前來詢問，期末口頭報告是否能以「播譯」為主題，談論此形態的口譯與課堂上學習的口譯有何差異，同時熱切地分享存在手機上的手寫筆記，說明從該集節目中得到的概念。向其問起「播譯」的引人之處，一名同學表示，完成一場「播譯」雖然會很有成就感，但雙向（主持與口譯）迅速切換的壓力太大，恐怕令人難以招架；另一名則直言，「挑戰性」跟「參與感」讓其躍躍欲試。

「參與感」包含互動與詮釋。在傳統的口譯訓練裡，即使譯者身為講者的代言人，亦將自己放進講者的境遇中同理，但向來謹守專業倫理與工作分際，不任意代替講者發言──講者沒說的話，譯者斷不能過度補白或解釋。播譯則讓譯者從被動的資訊製造者轉變成主動的資訊給予

者，不再只是「等待一傳達」訊息，反能更進一步地「分享一傳遞」訊息。正如「interpret」（口譯）亦有「解釋」或「闡釋」之意（見〈譯者之名〉章節），口譯員付出或貢獻資訊的同時，似乎也對源語訊息有了選擇權、所有權和詮釋權，在權衡各種工作上的考量之間，試著以己之名取捨訊息、提出個人看法，或是正大光明地「插話」，不再是發言者背後的無名之人——「隱形的譯者」。

然而，在「播」、「譯」雙重壓力下的資訊選擇，有沒有可能因判斷失誤而輕忽有意義的訊息，或略去自認無關緊要的內容？時間限制下的抉擇，確實是口譯員無法迴避的挑戰。

第五篇
社區口譯

　　不同形態的口譯活動存在不同的工作場域，而因應不同的目的、對象與需求，口譯員對「同行」，或是大眾對不同領域口譯員的工作，似乎存在不同的看法，乃至偏見。米克森（Holly Mikkelson，英西語口譯學者暨專業口譯員，專精司法通譯）表示經常聽到同僚這樣說：

> 會議口譯員談醫療口譯：「我接受多年的培訓可不是爲了說『哪裡痛』。」
> 醫學口譯員談法庭口譯：「他們在急診室連5分鐘都待不下去，他們已經太習慣單調緩慢的訴訟過程了。」
> 法庭口譯員談會議口譯：「可以提前拿到講稿會有多難翻？何況一次只翻半小時。」[1]

這些意見的碰撞看似又好笑又挖苦，但也反映出不同領域的口譯員希望自己的專業受到認可及尊重的心情。儘管口譯各有專精領域，但基本知識（basics）都是互通的，彼此當然也有許多相似之處。

淺談社區口譯／公共服務口譯

　　多數人聽到「社區」兩字，直覺認爲此類型口譯專指發生在某社區鄰里間的口譯活動。這樣理解並沒錯。如果一個外籍人士家庭來臺落

---

[1] Holly Mikkelson, 'Interpreting Is Interpreting-Or Is It? (Originally presented at the GSTI 30th Anniversary Conference, January 1999)', *ACEBO* (2023). Web.

腳於某處，成為新移民與在地居民，過程中發生的各種日常與職場對話，還有需要辦理的戶政、就業、社福、金融、郵務、租屋、教育、醫療或信仰事務，若需要鄰居或同事提供語言協助，確實是「社區口譯」（community interpreting）或「社區翻譯」（community translation），後者指筆譯。

不同的名稱

「社區口譯」還有其他名稱：「臨時口譯」（ad hoc interpreting）、「雙邊／三邊／三角口譯」（bilateral/triad/three-cornered interpreting）、「文化口譯」（cultural interpreting）、「接觸口譯」（contact interpreting）、「對話口譯」（dialogue interpreting）、「溝通口譯」（liaison interpreting）、「公共服務口譯」（public service interpreting, PSI）和「志願口譯」（volunteer interpreting）等。這些名稱各別反映此類型口譯的本質或精神，像是跨文化或多元文化轉譯、面對面的人際溝通，還有急病或因故進出司法單位時，需要周邊的人臨時充當口譯員等。

「社區口譯」與「公共服務口譯」（涵蓋筆譯則為「公共服務翻譯」〔public service interpreting & translation, PSIT〕）是目前最常使用的兩個名稱。北美、東亞和紐澳多採用前者，英國和歐洲大陸則傾向後者。英歐社會偏好後者，可能是因為「社區」一詞隱含負面聯想，表示階級與差異，暗示少數族群在主流社會中的邊緣位置，以及幫他們處理聯絡溝通事宜的人，常是「不正式的」（informal）、義氣相助（業餘、未經專業翻譯訓練、分文未取）的親朋好友、同事、鄰居或小

孩。② 然而亦有學者認爲「對話口譯」較能反映彼此對談、互相平等尊
重的精神；主張「溝通口譯」的人則強調連繫、交流與協調的過程。③

　　非營利組織Critical Link International（CLI）定期舉辦社區口譯國際
會議。第四屆（2004）的會議主題探討社區口譯的專業化，遂開始較廣
泛地使用「社區口譯」一詞。在「社區口譯」之名因使用頻率較高而大
致底定之前，實務界與學界一直出現討論與變動，當然也包含不認同的
聲音，至今猶是，甚至出現要區分不同口譯專業的趨勢，具體指明是
「司法通譯」（legal/court interpreting）或是「醫療口譯」（healthcare/
medical interpreting），而非將這兩個專業口譯置於「社區口譯」的通用
名稱下。

---

② Rebecca Tipton and Olgierda Furmanek, *Dialogue Interpreting: A Guide to
Interpreting in Public Services and the Community* (Oxon: Routledge, 2016),
p. 3; Mette Rudvin and Elena Tomassini, *Interpreting in the Community and
Workplace* (London: Palgrave Macmillan, 2011), pp. 3-4; Rosalind Edwards,
Claire Alexander and Bogusia Temple, 'Interpreting Trust: Abstract and Per-
sonal Trust for People Who Need Interpreters to Access Services', *Sociologi-
cal Research Online*, 11.1 (2006). Web.

③ Rebecca Tipton and Olgierda Furmanek, *Dialogue Interpreting: A Guide to
Interpreting in Public Services and the Community* (Oxon: Routledge, 2016),
p. 6; Adolfo Gentile, 'Community Interpreting or Not? Practices, Standards
and Accreditation', in *The Critical Link: Interpreters in the Community,* ed.
by Silvana Carr et al. (Amsterdam/Philadelphia: John Benjamins Publishing
Company, 1997), pp. 109-118.

服務對象

　　社區口譯存在的背景是旅遊和移居，服務對象是社會大眾裡的少數族群，通常是「移民」，但並不限於去到異鄉永久定居的「移民」（immigrants），還包括在一段時間內遷徙或移動的「移民」（migrants）。後者的流動狀態通常是暫時的，像是交換學生、留學生、移工，或是移居海外的外籍人士或外派人員（expatriates），也包含難民（refugees）與尋求政治庇護人士（asylum seekers），還有以觀光爲目的旅客。

　　簡單地說，社區口譯與會議口譯的相異之處，主要在於口譯員的工作環境與目標受眾（target audience）。《社區和職場口譯》（暫譯）一書便提及，成爲專業的會議口譯員向來被學生視爲夢幻職業，原因在於會議口譯令人聯想到位高權重的學者或政治人物、高科技口譯廂、爲國際組織工作，以及口譯過程中的高難度挑戰——在極其複雜的神經語言過程中，即時以閃電般的速度做出翻譯決定；不同於會議口譯面對的群眾是專業環境中的封閉小圈子，社區口譯通常發生在服務社會一般大眾的機構裡。[④]也就是說，社區（公共服務）口譯照顧更多人的需要，特別是社會裡相對弱勢的少數族群。

　　臺灣社區口譯的主要對象是來自東南亞的移工與配偶，多數操持印尼語、越南語、菲律賓語或泰語，當然還包含東南亞地區以外的外籍人士，像是日本、韓國及其他國家。依據勞動部截至2022年11月的統計，來臺移工已逾72萬人，當中產業移工（從事營建、製造與農林漁牧業）約50萬人，約占70%；社福移工（從事看護或家庭幫傭）約22萬人，約占30%。前者以越南籍移工（近23萬）爲最多，占了近5成的人數；

---

④　Mette Rudvin and Elena Tomassini, *Interpreting in the Community and Workplace* (London: Palgrave Macmillan, 2011), p. 22.

後者則是印尼籍（逾16萬）居冠，超過7成。再加上越南籍和印尼籍的
配偶人數（截至2022年12月的統計，各為11萬與3萬左右），越南語和
印尼語成為目前在臺灣的司法及醫療場域裡，最常使用的兩種東南亞
語言。

語言與文化鴻溝：初來乍到的移民

外籍移工及外籍配偶於在地社會總會碰上「有口難言」的困境，造
成生活不便，或是影響自身權益。語言障礙讓他們無法好好地描述自己
的需求與遭遇，主流社會也不懂他們的語言及文化，導致不知該如何回
應其需求，甚至引發人際誤會。

一位認識的越南媽媽（目前在某地區醫院擔任口譯志工）於1990年
代因婚姻仲介來臺，在產後當晚，因為覺得冷，需要額外添加棉被，卻
不知如何跟醫護人員表達需求，便默默凍了一整晚，直到隔天早晨，會
說一點中文的越籍友人來訪，才解決她的問題。她現在的中文已經說得
極好，但提到孤立無援的那晚，心緒仍難免波動。

另一位認識的越南司法通譯員，則提到出自不同教養文化背景的
肢體動作，如何引發許多不必要的誤會與莫名責罵，讓越籍配偶感到不
解。越南人異常重視長幼有序，聆聽長輩訓話時，會雙手交叉抓臂，放
在胸前，以表尊敬有禮，但是臺灣文化將雙手抱胸的行為視為「不受
教」的反抗動作，便加倍斥責越籍家人，後者卻因有限的語言表達能力
而百口莫辯。因為文化認知的差異，通譯友人總要再三解釋，甚至請服
務的鄉鎮警察局多加宣導、幫忙調解，避免衍生無謂的家庭糾紛，甚至
是暴力行為。

社區口譯員的工作往往超過語言傳遞，不僅止於語言中間人的角
色，而是更進一步地成為文化觸媒，才能讓無法溝通的雙方產生交互影

響，加速交流反應。如瓦雷羅—嘉瑟斯（Carmen Valero-Garcés，社區口譯研究學者）所言：

> 許多移民的唯一行李（the only belongings），便是他們的母語、傳統和習俗，而這些並不為在地居民所熟悉……自然指望社區口譯員成為「催化劑」或文化顧問，這意味著他們得解釋文化習慣、價值觀和信仰，不只向專業人士解釋，還要向仰賴他們作為溝通代理人（liaison）的人說明。他們還得在嚴重情況下口譯，也常常在毫無準備的狀況下處理複雜議題。[5]

不對等的溝通雙方：司法通譯員責任重大

在一場圍繞某專業主題的國際會議裡，與會人士的知識和語言水準可能較為接近，但在社區口譯的情境裡，溝通的雙方——「專業人士」和「仰賴口譯員幫忙發聲的人」——有著截然不同的語言、文化背景、認知觀念及教育水準。前者可能是執法人員、律師、醫護人員、社工、教師、公務員；後者通常為難民、移工或他們的配偶及孩子、意外事故中的受害人、訴訟案裡的嫌疑犯，乃至監獄裡的犯人，即社會上相對弱勢的外來人口。

兩方在語言能力、知識水準與權力關係上明顯失衡，而這不對等的關係可能會損及弱勢一方的權益，特別是涉及偵查與審判的司法範疇。

---

[5] Carmen Valero-Garcés, *Communicating Across Cultures* (Lanham, MD: University Press of America, 2014), pp. 25, 129.

萬一不幸遇上不合格的通譯人員，他們在「法律之前，人人平等」的基本權益便蒙受影響。《報導者》便曾披露通譯過程的嚴重失誤導致判決爭議。

　　在2015年印尼漁工一案中，當時屏東地檢署請來的通譯人員不懂漁工的家鄉話──中爪哇語，對於可證明他在船上被虐打致死的自白影片，通譯員略過部分內容不譯，或是表示「聽不懂」，最後該案以漁工病亡草率結案。[6]另一例是來臺當看護的菲籍女子，因為不會中文也不會英文，無法為自己發聲，加上偵查和審判過程中的通譯內容疑似有誤，導致她的證詞出現瑕疵，害她從受害人「被變成」騙子。[7]或許要在臺灣尋得通曉小語種的通譯人員著實不易，才會發生這些不該發生的憾事。

　　對於擔任溝通橋梁的通譯員，因語言能力不足或其他緣故，而造成他人冤屈或一生蒙羞，事後得知，必然愧疚。致力於司法通譯也有相關著述的陳允萍，是許多移工與外配心目中的「通譯英雄」，但他多年前經辦一起案子，因「外事警察兼通譯」的雙重身分，在偵查過程中有失公允，不慎造成冤獄情事，至今仍深深自責悔恨。[8]然而也因為這起案件，陳允萍非常強調司法通譯員必須嚴格遵守「中立第三人」的職業倫

---

[6]　蔣宜婷：〈【走入印尼｜懸案篇】未解的謎團：一名印尼漁工之死〉，《報導者》，2016年12月19日。網路。

[7]　蔣宜婷：〈失語的移工：混亂失真的通譯制度〉，《報導者》，2017年8月29日。網路。

[8]　陳德愉：〈【上報人物陳允萍】誤判性侵案告出人命　他「一生罪疚」拒讓憾事重演（下）〉，《上報》，2018年12月1日。網路；鍾子葳：〈司法正義不能沒有他　法庭上的「傳譯天使」〉，《今周刊》，2019年8月29日。網路。

理，秉持中立、公正、客觀的工作守則，執法者或是利害關係人（如：仲介）都須迴避。[9]

　　與當事人有利益關係的人非理想的口譯人選。除了警調單位，醫療院所也經常見到「不中立第三人」，臨時權充口譯員。急診現場有時會發生這樣的情況：帶著外籍移工或看護到醫院看病的人，常是本地仲介公司員工或工地領班，他們的東南亞語言其實也很有限，或是完全不通曉。為了跟雇主「好交代」，加上時間、金錢與支援看護人力等考量，有時候會操縱醫病之間的溝通與決策，像是跟醫師暗示盡量不要安排住院。謹慎的醫師如果有覺察，可能會想辦法透過其他方式（例如：就地尋找志願譯者，或使用手機翻譯軟體），再次與病人溝通確認狀況，才能真正以病患為中心，給予對方應得的適當處置。

維護弱勢的權益

　　在醫療現場，即便存在語言隔閡，醫生依然可以倚賴身體檢查與各式儀器檢驗，來彌補問診時的溝通障礙，患者仍得以獲得治療。然而在警局或法庭上，錯誤的口譯誤導的不只是警察與法官，還可能誤了外籍當事人的一生。

　　有心從事司法或醫療口譯的人須要通過資格認證，至少接受一定的培訓，特別是事關個人司法權益的司法通譯，通譯員要「為人喉舌」，法律語言能力和口譯技巧皆須嚴格訓練。用字精準（lexical precision）

---

[9] 李偉麟：〈為語言不通者的人權而努力—陳允萍培育專業司法通譯人才〉，《TLife》（台灣高鐵車上刊物）（2019年3月），頁24-26；李珊瑋：〈制度化建置的推手—司法通譯硬漢陳允萍〉，《台灣光華雜誌》（2018年4月）。網路。

結合成熟的口譯技巧（highly developed performance skills），缺一不可，才能達到準確的口譯。[10]目前在臺灣，「臺灣司法通譯協會」與「國際醫療翻譯協會」分別提供司法與醫療人才的培訓。

　　除此之外，通譯員還要接受法律知識領域的培訓，像是基本的民刑法概念、司法審判制度、法院組織、職業倫理，以及最主要的法律用語。法律用字講求精準，「訊問」、「詢問」；「推撞」、「追撞」；「受害」、「被害」，一字之差，含意不同。重視邏輯的法律行文在訊息的傳譯上更是講求審慎明確、精確周密，避免語意模糊。2023年「國民法官」制度上路，各行各業民眾的加入，也許會讓法庭審判中的對話結構發生改變，對在高低翻譯語體（register）中輪替的通譯工作，可能也是一項新的挑戰。

　　對於不懂在地語言或是本身母語表達能力也有限的外籍人口，通譯員更要能依其知識水準調整翻譯語體或用語，必要時告知執法人員對方的困境，或是幫忙解釋。即使他們懂得日常中文，也不代表懂得法律中文（多數中文母語人士也不見得了解）。資深司法通譯員屈秀芳（印尼華僑）分享一例，某次法官以為當事人懂中文而叫對方離去：「但我坐在那邊看的時候，他（當事人）根本聽不懂法官講的話，（法官）問他教育程度，他根本不知道教育程度（這4個字）是什麼。」[11]

　　司法通譯員看似不若會議口譯員那樣光鮮亮麗，工作時可能出入五星級會場，譯後還可自由留在會場與同行交換意見或培養人脈。司法通譯員經常進出的是一般人不願意去的警局與法院，完成任務後，須盡速

---

[10]　Roseann Gonzalez, Victoria Vasquez, and Holly Mikkelson, *Fundamentals of Court Interpretation: Theory, Policy and Practice* (Durham, NC: Carolina Academic Press), p. 284.

[11]　蔣宜婷：〈失語的移工：混亂失真的通譯制度〉，《報導者》，2017年8月29日。網路。

離去，避免無故逗留在這古代會有人喊「威──武──」的「閒雜人等請迴避」的肅靜空間。但通譯服務的是社會上相對弱勢的一群人，稍有不慎，便可能對他們的人生造成重大影響。通譯員肩上責任之重，是無論如何都絕對不能輕忽以對的工作，必須以嚴謹的態度面對，且時時精進法律知識與素養。

同理心

在臺灣，絕大多數的口譯學生接受的口譯訓練偏向「會議口譯」，以大眾演說爲主，對「社區口譯」相對陌生。講臺上或口譯廂裡的口譯活動通常是斯文有禮地進行。

然而社區口譯像是另一個口譯世界，貼近社會百態，經歷世間滄桑。譯者耳裡聽的可能是自己無法想像的施虐過程，嘴裡翻的是超乎想像的汙言穢語，現場可能正在上演「武打戲」，還有受到驚嚇的小孩子抱著口譯員的腿，哭喊「叔叔／阿姨不要走！」口譯員每次出任務，即使與社工一同前往，一想到外籍當事人家裡那個喜歡以「三字經」問候人的先生，進門前還是不免心生恐懼。

即便是醫院，雖然沒有警局與法院的肅殺氣氛，但也有另一種冰冷氣息。生老病死的匯聚之地，除了生的喜悅，餘下都令人愁悵。口譯員離開工作現場便忘掉的能耐、不與客戶建立私交的界線，不知要經過多少次的實戰訓練，才能做到老僧入定的境地？

這些年在口譯課堂中，開始加入「社區口譯」的概念，總會花上幾週時間，聚焦在文化能力（cultural competence）、文化敏感度（cultural sensitivity）、信任（trust）與同理心（empathy）的討論與模擬練習，希望學生藉由不同形態的口譯，看看我們生活周遭的「人」，看看與我們一樣，都在臺灣島上呼吸的外來移民、新住民。

　　興許緣起學生時期某次臨時的「社區口譯」經驗：在前往下一堂課的路上，突然被從辦公室推門而出的老師攔下，急忙問我能否幫忙口譯：「Chia-hui, do you speak Mandarin Chinese? Mandarin Chinese?」老師再三確認我真的會「普通話中文」，接著簡單說明有個華人大學生因故面臨退學，但對方似乎不理解情況的嚴重，需要有人協助翻譯。進了空間不大的辦公室，先看到老師們和祕書都站著，狀似圍著坐在中央的學生。口譯過程中，對方抬頭盯著我看（當時覺得像在瞪人），無論我譯了什麼，對方都沒有表情、沒有反應，從頭到尾的默／漠然。單方傳譯結束，我離開。

　　這麼多年來，心裡一直有這件事，覺得自己沒處理好語言以外的「翻譯」。如果自評，我會給自己一個「A」跟一個「F」，雖然表現了語言的專業，但在文化能力與同理心上失格，還被對方看似「瞪人」的眼神影響接下來的上課心情，心理質素一樣不及格。

　　對方怎麼可能聽不懂英語呢？將心比心，如果我是這名留學生，或許背負家鄉期待負笈海外，在氣氛肅穆的異國辦公室，被一群「權力高」的人圍著，進來的「臨時口譯員」也「居高臨下」地站著說話，在遭受退學的各種複雜心情之外，還要煩惱眼前這個說中文的陌生人會不會洩露自己隱私，簡直雪上加霜。如果我是這名學生，莫名其妙來了一個「路人譯者」，換成中文「再次」向我「宣布」退學的壞消息，我心裡一定更加悲憤羞愧。

　　著有《不華麗也可以轉身》的陳安頎，曾於書中分享她的社區口譯經驗。某次她為一名遭受性侵的難民小媽媽口譯，過程中小媽媽幾度情緒失控，不禁落淚，激動時還會突然抓住她的手臂。陳安頎說：

> 這時候的我，應該繼續口譯，表露情緒就是不專
> 業的表現。可是，我也是女生啊！她的故事，我
> 才以第一人稱重述了一遍給移民律師聽，在英語

的譯文當中，我就是她，她就是我。倘若這樣的
事，真的發生在我的身上，我不相信虛長她幾歲
的自己，能夠有更好的接納與處理。⑫

同樣地，當時亦只虛長該名留學生幾歲的我，若突逢學業巨變，定是驚天矚耗。我忘了處於中介位置的我，在當時的情境裡，不僅代表「高權力知識」的師長方，也代表「低權力知識」的學生方，教育場景的口譯並不若警局偵查或法庭審判那樣需要絕對的嚴謹，應該可以採取較有彈性的做法。也許當時我也可以試著提供意見給同樣苦惱的師長及祕書，幫忙降低辦公室裡的「群眾壓力」，三方（師長、學生與我）共同達成口譯目的之外，也能以同理對方困難的心態，在能力所及之處，提供實質或精神支援。

他們不是「他們」，他們是「我們」

同理心是社區口譯訓練中的重要環節。有些人天生極富同理心，宛如是個人特質，很願意聆聽、了解、體會、照顧他人的感受和需求，甚至主動予以對方希望獲得的協助形式，但也懂得量力而為，不因過度插手他人事務，而損及保持中立的職業倫理。

每個不同場景的口譯任務都是在處理不同的語言障礙問題，口譯員的工作就是縮短溝通雙方因語言而起的鴻溝，以理解雙方心情與需求的心態，弭平誤會或是縮小分歧。擔任法院特約通譯員的大洞敦史（Atushi Daido）強調要「理解對方心情」，口譯時保持彈性，才能妥善解決問題：

---

⑫ 陳安頎：《不華麗也可以轉身：雙聲同步，口譯之路》（臺北：渠成文化，2018），頁30。

曾經陪同接待從日本來的訪台團，有天其中一位團員在餐廳想關上玻璃門時，玻璃竟然當場破裂了。餐廳老闆隨即要求賠償，但團員們卻主張玻璃門應該早就有小裂痕，雙方僵持不下。筆者當時雖然身為通譯人員，但並非將雙方的話一五一十的傳達，而是將話語轉換成有理解對方心情、由衷感到歉意的口吻，總算才圓了場，結束紛爭。[13]

　　曾有學生在學期末提問，要如何才能真的做到同理他人。說「將心比心」或「己所不欲，勿施於人」可能很抽象，也許以臺灣島上的外籍移工與外籍看護為例，換個具體的方式回答。

　　我們先想像一下這個場景：你家頂樓的防水工程，有兩名越南籍移工在烈日下，忍受著防水漆的刺鼻味道，默默地反覆塗刷防水層，末了還把周邊環境收拾整齊，幫你將環境恢復原狀。

　　再想像一個場景：新冠肺炎正嚴重的期間，印尼籍看護員冒著染疫風險，擔心自己健康安全卻仍得硬著頭皮，陪你確診的高齡爺爺入院就醫，即使不幸最終染疫了，身心俱疲下依然得繼續照顧你爺爺，但卻也不會有像她那樣的看護員來照顧她自己。

　　最後，想像這個情景：只會說中文的我們，在某處鮮少有人通曉中文的地方旅遊或打工，因交通事故進了當地警局，或因急病就醫，人生地不熟又一句當地語言都不會的我們，即使有手機翻譯軟體幫忙，也無法妥善描述自身情況，當下是何種心情？有自己是「弱勢中的弱勢」之感了嗎？至此，相信那種處在陌生土地上遭難的境遇應不難「共感共情」了。

---

[13]　大洞敦史：〈在台灣擔任法院通譯人員：一份輔助多元社會的工作〉，《走進日本（nippon.com）》，2022年10月14日。網路。

社會對外籍移工、外籍看護與外籍配偶的隱形歧視一直在，他們的孩子也感受到這樣的家族與社會氛圍，學會隱藏自己的「身世」。曾有畢業生在最後一堂翻譯課上，鼓起勇氣告訴我：「老師，其實我媽媽不是臺灣人」，談起她來自「異鄉」的母親在家族裡遭遇的困境。又有，問起認識的越籍媽媽們教不教自己的孩子越語，她們說「不教」，除了缺乏環境，家裡也不支持。

　　歧視往往來自不了解，外來人口與在地人口可能由於語言、禮俗、文化或飲食習慣等方面的「不一樣」，因而容易引發與本地居民之間的誤會。可是他們也跟我們擁有許多的「一樣」：一樣不喜歡被排擠、一樣不喜歡被歧視、一樣要繳稅、一樣想在這塊土地上安居樂業。臺灣島上向來有移民不斷地移入或移出，在不斷的磨合中形成一個多元文化社會。來臺的外籍移工與看護，幫我們修繕漏水屋子、照顧年邁家人，在體力與精神上分擔我們的家務，還豐富島嶼上的飲食光譜。那些已經定居臺灣十年、二十年、三十年的外籍配偶，是我們的「新住民」，甚至是住民了，是臺灣多元族群中的一分子。

　　他們不是「他們」，他們是「我們」。

臺灣醫療口譯現況

　　目前在「社區口譯」的通用名稱下，主要有兩類型口譯，一個是「司法通譯」，另一個是「醫療口譯」，通常會發生在醫院、診所、衛生所或藥局等地，只要有醫療需求的地方，又遇上語言隔閡的困難，醫療口譯的行為便可能出現。在有正式的公共服務口譯制度的社會，也會透過電話或線上口譯方式，服務住在偏遠地區或離島的民眾。

　　然而目前在臺灣的醫療體系內，並沒有提供正式的醫療口譯服務。語言隔閡往往讓新住民就醫時面臨重重挑戰。除了新住民，隨著全

球化與社會結構人口老化、少子化的變遷，很多老年病患仰賴的外籍看護與產業移工，也有一定的臨時就醫看病或陪病的需求。

　　醫療口譯的需求每天都存在各醫療機構不被重視的角落。雖然醫護人員多半具備簡易英語聽講能力，但面對東南亞病患或陪病者（主要為印尼、越南、泰國與菲律賓籍），通常無法直接溝通。

　　在實際的醫療現場，口譯活動採取多重應變的方式，多為臨時（ad hoc）的非固定模式，由非訓練過的志願譯者（例如：資深外籍同事、領班、人力仲介、院內的外籍志工或看護員）暫時幫忙，或透過手機通訊在線上尋求中文口語較流暢的外籍友人協助。實在找不到人就使用手機翻譯軟體，再加上比手畫腳的肢體語言，盡一切力量去完成有限的溝通。是的，「有限」的溝通。

醫病兩端之間的口譯員

　　專業醫學會議中的術語翻譯力求準確，但一般的醫病溝通卻有不同的翻譯考量。譯者在翻譯時的語言風格（register）在高低語體中不斷輪替，既要擅長專業、嚴謹的詞彙，方便與醫護人員溝通，也要能使用口頭、通俗的措辭，利於病人了解。譯者身處醫病兩端，除了翻譯話語，還必須考量溝通的多重面向（如：傾聽與態度）。在醫師端，要思考醫師詢問病史或告知訊息時，對方如何展現關懷同理的態度，或者對方無意間顯露了那些內隱的偏見。在病人端，譯者要由病人或家屬對話中的回應，判斷其健康識能（health literacy）程度，依狀況調整應對語體和言辭內容，才能有效協助醫病溝通。

　　醫生診斷疾病有一定的臨床思路模式（thinking process），使用的溝通語言也多為職場圈內約定成俗的術語，病患或家屬不易明白。這些都是醫療口譯過程中譯者會面臨的挑戰，因此譯者必須具備相當的背景

專業知識，以及融入醫療社群實踐（community practice）長足的經驗。而病人在遭受身心疾病的壓力時，思緒可能雜亂而無法有條理地描述疾病，譯者要能夠同理其病痛，成為醫病關係溝通的橋梁，同時聽出病人話語中的重點，協助對方清楚勾勒疾病樣態，再轉達給醫師。

為了達成上述的理想，譯者要扮演什麼樣的角色（role）呢？傳統口譯員像是一臺精準的機器（machine model），工作中往往是隱形的（invisible），只能被動接受指令，單向將訊息由講者傳給聽者，過程中不可以任意加入個人意見。[14]然而，身為醫病雙方溝通橋梁的口譯員，若僅讓自己化身為一臺隱形的傳聲筒是不夠的，還須考量其他三個角色：

1. 幫忙者（helper）：看到別人處在困難的語言障礙中，伸出即時的援手。
2. 溝通促進者（communication facilitator）：有效的溝通是良好醫病關係的基礎。面對醫病溝通的挑戰，譯者可以透過一些技巧，像是換句話說（paraphrasing）、聽者反饋或話語回饋（back-channelling），或是提問澄清（asking for clarification），促成流暢的雙方互動。
3. 雙語及雙邊文化協調者（bilingual-bicultural mediator）：不管是醫護端或病患家屬端，彼此認知的落差不僅僅只源自語言差異，還受到不同國家文化的影響。譯者在處理文字意義的轉換時，還要兼顧文化敏感度。[15]

---

[14] Peter Llewellyn-Jones and Robert G. Lee, *Redefining the Role of the Community Interpreter: The Concept of Role-Space* (London: SLI Press, 2014), p. 28.

[15] Ibid, pp. 25-29.

　　柯賀（François René de Cotret）等學者則提出「醫療口譯員定位」，劃分出四種類型：

・主動活躍型（active）：充滿活力，積極主動，鉅細靡遺地翻譯，還會打斷發言者，以求能夠精準口譯。
・過度活躍型（hyperactive）：過於活躍，顯得唐突，翻譯時太過「改造」訊息、忽略重要細節，還會分享個人經驗或給醫病雙方提供建議。
・積極主動型（proactive）：預測問題、預想解決之道，而非等到問題出現才回應，保持中立，但展現同理心，且隨時留意診療過程。
・情緒反應型（reactive）：個人情緒大過專業表現，體貼不足，職場分際掌握不佳，會「選邊站」。[16]

　　顯然，「積極主動型」（proactive）是理想的醫療口譯員，除了翻譯雙方已說出的話，對於雙方潛藏的、尚未吐露的、表達未竟的，或任一方有應注意而未注意，卻可能影響健康的疏忽，都會主動促成進一步的互動澄清，才真正促成了有效的醫病溝通。

　　在實際的醫療現場，生病中的人情緒通常不佳，面對象徵權威的醫生可能怯於提問，而醫生也不見得每一位都有傾聽的能力與意願，說話也許不經修飾，容易給人負面感受。如果口譯員能從中當個潤滑劑，體貼地代弱勢方詢問或委婉「轉譯」強勢方不自覺的隱形偏見，說不定口譯員的介入（但嚴禁過度操縱）更能達到良好醫病溝通的最終目的。

---

[16] François René de Cotret, Camille Brisset, and Yvan Leanza, 'A Typology of Healthcare Interpreter Positionings', *Interpreting*, 23.1 (2021), 103-126 (pp. 110-119).

醫療現場的「外星語」

醫療對話裡的專有名詞或醫學術語有個顯著特徵，就是「讓人聽不懂」。若直接按照字面一字不差地譯，一般在地民眾都不甚了解，何況是有語言障礙的外籍病人或家屬。只是把英文術語轉換成中文術語，沒有醫學知識背景的人恐怕還是一頭霧水。

先以下句為例：

病人因為呼吸衰竭，需要插管。

（The patient requires endotracheal intubation due to respiratory failure.）

對於可能頭一次將親人送進急診室的家屬，在慌亂無措的狀況下，恐怕沒有多少人可以立刻理解「插管」指的是：「以機器人工呼吸代替生理自主呼吸」（replacing spontaneous breathing with artificial respiration）的意思。他們也許還會反問醫護團隊：「『插管』是街頭巷尾謠傳那個很恐怖的『氣切』嗎？」

就像司法通譯員須具備基礎法律用語知識和法律素養，醫療口譯員也要有基本的醫學素養，對於術語的背景知識有基本了解。以「插管」為例，指的是一系列的步驟，包含病情判斷、插管設備前置準備、插管前給藥管路建立、呼吸器設定和插管後評估，當中還涉及跨團隊人員（如：醫師、護理師、藥師、呼吸治療師、麻醉師）才能完成。這一連串的任務最後簡化成「插管」兩個字。

擁有術語的背景知識並不是為了要全譯、幫醫生額外補充解釋，或給病人或陪病者上衛教課（非屬譯者職責）。口譯員若了解「插管」過程，有助於他們在語言轉換之外，知道如何以「讓人聽得懂」的方式轉譯「讓人聽不懂」的醫學術語。過於專業的用語或解釋無法讓民眾了解確切情況，有礙他們真正參與醫療決策。

上述例句的白話翻譯可以這樣說：

病人因為呼吸功能嚴重損害，無法靠自己自然地呼吸，所以須要由人工呼吸器來輔助病人維持呼吸功能，為了要接上呼吸器，須要把管子放入氣管裡面來建立給氧氣的管道。

更加口語淺白的翻譯是：

病人呼吸不順暢，所以他／她可能需要一臺機器，也就是呼吸器來幫助他／她呼吸。為了讓患者得到這項輔助治療，我們首先必須把一根管子放入他／她的氣管內，然後再設定呼吸器讓它運轉。
（The patient doesn't breath well, so he/she might need a machine called ventilator to help him/her breath. To give the patient the ventilator-assisted breathing, we have to put a tube into his/her windpipe first, and then set up the ventilator.）

　　但須注意的是，由於病人及家屬有百百種，每個人的教育水準、健康識能與就醫經驗皆不同，如果不加思索地一律翻譯得白話簡單，可能會引起某類病人或家屬的不信任，懷疑口譯員能力不足。
　　同時，醫學或藥學的背景知識還可幫忙譯者預測（anticipate）問題。例如：在醫生告知要插管後，十有八九的病人家屬會問：「『插管』後病情就會好轉嗎？」譯者自己先了解「插管」的過程與功能，知道「插管」是一種「支持」（support），而非「治療」（treatment），翻譯的時候便能解釋得更順暢，對於重複性的問題，在允許的範圍內，也許可以幫忙說明。
　　再舉一例，民眾對藥物劑量與藥效強弱的關係不見得有正確認知。例如：醫生開給病人兩種屬性不同的高血壓藥，標示劑量分別是

80mg與30mg，囑咐兩種合併服用，若血壓較正常了，便可以減量。依據數值顯示，一般人通常會以爲80mg屬強效，30mg的藥效較溫和，便先調低80mg的藥物使用。口譯員若能當下察覺病患錯誤的藥理認知——不同藥品的數值不等於藥效強弱，便可能事先預測之後會發生的情況，從旁協助請醫生澄清，再轉譯給病人知悉。

　　此外，若在醫療現場仔細聆聽、觀察醫護間的溝通，會發現他們的口頭溝通經常摻雜在地慣用成俗的英文縮寫術語，與中文相互夾雜後成爲獨有的「醫護晶晶體文化」，跟病患對話時也常不經心地沿用。這些臺式英文縮寫術語往往是「在地發明」，而習慣使用後也只限在地醫護人員聽得懂，若直接套用常會造成外籍病患（包含本地病患）的理解困難。同樣以「插管」爲例，臺灣醫護習慣說「On Endo」，不說「Performing endotracheal intubation」或「intubating」。醫療口譯員也要有這方面的背景知識，了解臺灣醫界在地的臺式英文術語，才不致讓醫病之間有「溝」卻沒有「通」。

情境模擬演練：COVID-19

　　在全臺爲新冠肺炎疫苗吵得沸沸揚揚的2021年，醫護人員已開始施打，一般民眾尚爲接種的時候，班上也反映時事地安排「採檢」和「疫苗接種」的醫療口譯活動。在預備階段，同學自行閱讀與主題相關的醫療文件，例如：門診掛號單說明（中英雙語）、檢驗及預約單（中文）、COVID-19疫苗接種須知暨意願書（中文）、COVID-19疫苗接種紀錄卡（中英雙語）、COVID-19疫苗接種注意事項，還有美國疾病管制與預防中心（Centers for Disease Control and Prevention, CDC）官網上提供的「鼻咽採檢流程」（Nasopharyngeal Specimen Collection Steps）和「鼻咽拭子採檢」（Nasopharyngeal Swab Specimen Collection）的英

文圖解說明，作爲背景資料。他們從中準備醫學術語、了解採檢與接種過程及其表達說法，還須預測、查詢醫病問答的常見用語。

　　活動歷經「簡報、模擬、匯報」三個階段，設計了兩個情境：

模擬場景一：採檢
一名只會說臺語的阿嬤獨自搭機至美國爲女兒坐月子，出發前在臺曾有接受採檢的經驗，也有攜帶陰性報告佐證，但因下機出現感冒症狀，被要求在機場進行二次採檢。機場駐點醫師以英語溝通。

模擬場景二：疫苗接種
一名比利時籍的修女（僅能聽懂一點點口語中文，但無法閱讀中文）在臺服務期滿，即將於下月調派至印度支援，至醫院詢問自費疫苗接種。醫師國、臺語夾雜，專業術語慣以英語表示。

　　事先徵求兩名演員（阿嬤和修女）及八名互相輪替的口譯員，其餘同學便分成不同的觀察小組，關注譯者表現與整體譯事。僅與兩名演員簡述角色設定，餘下便由兩人各自發揮創意。情境模擬就像眞的醫療現場，沒有劇本，全班師生沒人知道演員會說什麼，醫生又會如何問答。與往常的課堂活動不同，該回口譯情境模擬邀請到一名資深急診醫師，透過視訊支援課堂活動。第一次有陌生人加入口譯實作，當天氣氛難免緊張，卻也因此更加擬眞。

　　在活動後的匯報階段，大家一起討論在情境中面臨的困難與挑戰、使用的應對策略，還有不同於往常會議口譯訓練所發現的問題。最重要的是，能否完成帶著某項目地的雙向口譯；更確切地說，是三方溝通──由醫、病、譯三方共同解決當下因語言障礙而起的理解困難。爲什麼是三方呢？因爲在以對話溝通爲主的醫療口譯裡，每一回合的發言都需要口譯員翻譯，譯完才會有下一回合的發言或回答，如此，對話才得以持續進行，而這樣的動態輪替是由三方共構，而非僅有口譯員以

外的雙方。[17]也就是說，如果口譯員因故暫時離開，雙方的溝通只能中斷，待口譯員回來再重新恢復對話。從這個角度看，醫療口譯員是談話中的「局內人」。

至於「醫療口譯員定位」，只能說「以為」跟「結果」確實存在一定的距離。大夥兒望著講義上以「十」字區隔出來的四種口譯員類型，[18]眼神上下左右地來回游移，嚮往著「積極主動」的理想型，卻喪氣地說自己好像是被暴躁阿嬤影響的「情緒反應型」，或是「看見醫生會怕型」，發覺要在權力結構失衡的兩方之間展現各種「軟技能」（soft skills），如：問題解決（problem-solving）、創意與彈性（creativity and flexibility）、文化能力（cultural competence）或文化敏感度（cultural sensitivity）、同理心（empathy）與人際技巧（people skills）等，真不是件易／譯事。

口譯組織或團隊的援助

社會裡的弱勢人口往往不知該如何完整表達需求，特別是語言與自信心都缺乏的時候。一直以來，全球各處的翻譯組織都努力匯聚志工力量，為那些語言不通者的人權貢獻己力。

非營利組織「無國界譯者」（Translators without Borders, TWB）向來聚焦於危機救援、醫療與教育等領域，以「救濟之語」（Words of Relief）模式來幫助有語言障礙的人民，特別是非亞地區的難民。

---

[17] Sandra Beatriz Hale, *Community Interpreting* (New York: Palgrave Macmillan, 2007), p. 12.

[18] François René de Cotret, Camille Brisset, and Yvan Leanza, 'A Typology of Healthcare Interpreter Positionings', *Interpreting*, 23.1 (2021), 103-126 (pp. 110-119).

　　COVID-19疫情與烏俄戰爭的正式白熱化（2022至今），讓不同的組織與社區成員更加關切移民與難民的語言支援。在疫情嚴重的2021年，紐約一群華人志工組成「翻譯苗」（Chinese Translation Pod）團隊，提供疫苗接種的語言服務（華語和廣東話）給需要的公私立單位、醫療院所及藥局，只要提前預約，他們便會派遣口譯志工至疫苗施打站協助。

　　為了支持那些受到烏俄戰爭影響的人民，「英國譯協」（Institute of Translation & Interpreting, ITI）與紐約新創公司KUDO分別籌畫工作任務，前者組織「慈善譯者網絡」（Charity Translators Network），徵求口筆譯員，協助逃亡海外的烏克蘭難民與政府機關溝通；後者則發起「我們與烏克蘭同在」（We Stand With Ukraine）活動，提供多語言視訊會議平臺，讓非政府、非營利組織與志工口譯員無償使用。

　　「英國國家公共服務口譯員認證機構」（National Register of Public Service Interpreters, NRPSI）意識到合格口譯員的必要，建立名冊，讓需要的人可以配對語言，搜尋合適譯者。

　　在小小的臺灣島上，除了各地政府的新住民通譯人才培訓計畫，外事警察出身的陳允萍先生於2014年創辦「臺灣司法通譯協會」，定期招募及培訓司法通譯人員，為外籍勞工和外籍配偶的司法權益努力。

第六篇
科技與口譯——
譯者的「滅絕」或「重生」？

Interpreters will not be replaced by technology - they will be replaced by interpreters who use technology.
（口譯員不會被科技取代，但會被善用科技的口譯員取代。）

By Bill Wood
（比爾・伍德，DS-Interpretation創辦人；2012 Interpret America終身服務獎得主）

數位盛世，何必學口譯？

　　應該沒有人會反對科技帶給生活的便利吧？19世紀，電話讓相隔兩地的人得以交流；20世紀，飛機拉近了天涯海角的距離、自動提款機解決臨時需要現金的燃眉之急；21世紀，智慧手機改變許多人的生活及工作形態。近年，傳統汽車大廠競相轉型製造電動車，相信有那麼一天，在被CNN報導為「吃碳塔」（carbon-eating tower）的陶朱隱園頂樓，停放的不是住戶的私人飛機，而是陸空兩用的飛天車，讓住戶更快速地來回兩地。

　　翻譯當然也受益於科技。100年來，科技的發展讓翻譯工作變得更有效率。1920年代，同步口譯設備（Filene-Finlay system）的問世大幅縮短跨語言會議時間。2000年前後，智慧筆（smart pen）同步錄放筆記與錄音的特點創造出新形態的「同逐步口譯」（SimConsec）模式，也為口譯訓練開啟不同的教學方向。因為雲端視訊平臺的開發（如：ZOOM、Teams和KUDO等），全球在COVID-19疫情流行期間，依然可以透過「遠端口譯」（remote interpreting）舉行跨國會議，或如常進行各種必須仰賴口譯服務的活動。

　　眾多網路上的免費翻譯軟體（知名如Google Translate和DeepL）、手機裡內建的翻譯應用程式（apps），以及在實體和網路商店可購買的翻譯機、翻譯筆或翻譯耳機，不僅讓旅人透過文字、語音和圖像輸入，在異國悠遊、用餐、購物或是欣賞音樂劇，更讓不懂東南亞語言卻須要服務東南亞移工和移民病患的醫護人員，在缺乏口譯員的時候，有可以求助的管道。

　　人工智慧（AI）更是口譯學習與訓練上的好夥伴。語音辨識軟體（如：Google Live Transcribe、Otter.ai、Speechnotes和雅婷逐字稿等）具備實時轉錄功能，在談話進行時同步輸出逐字稿，過程中還會不斷檢視修正內容。無論是口譯學生或是專業譯者，都可以錄寫自己的口譯內容，以供課堂當場播放或後續檢視，了解學習狀況，持續改善口譯品質。

　　臉書母公司Meta更於2022年秋天推出由AI技術支援的英臺語（口語對口語話音）即時互譯系統。[1]研究團隊比對臺灣鄉土劇中的有聲訊號（演員對白）和字幕資料，加上閩南語語音語料庫的輔助，讓譯文更精確。

　　目前的神經機器翻譯（NMT，一種特定類型的人工智慧），較之更早的數據機器翻譯（SMT），更是大大提高翻譯結果的精準度，幫忙消除跨語言的溝通障礙，同時讓筆譯實務出現「機器翻譯+人工校譯」（Machine Translation Post-Editing, MTPE）的工作需求，縮短翻譯時間，提高翻譯產能。翻譯記憶庫（Translation Memory, TM，常見如Trados和Phrase TMS）對文本句段的檢索及回收利用特點（儲存舊譯，若新的譯案中有相同或相似片段，便從中辨識比對，自動翻譯，節省翻譯時間），亦大幅加速翻譯流程，特別有助於譯文的一致性及在地化。

---

[1] 陳至中：〈Meta打造台語英語AI翻譯台灣鄉土劇有貢獻〔影〕〉，《中央社》，2022年10月20日。網路。

　　因為網路的無所不在，譯者再不用抱著厚重工具書或紙本四處移動，也不用頻繁出入圖書館；資料的查閱突破時空限制，就在手指頭觸控手機、平板或筆電螢幕之間。術語彙編不用費力地寫在筆記本上，可以寄存雲端，還能與他人分享（如：Interpreter's Help），方便詞彙的隨時管理和搜索。網頁上看到不懂的字句，甚至不需要打開新網頁或拿出手機查詢線上字典，只要點選「翻譯這個網頁」，譯文頃刻出現。2022年底上線的聊天機器人ChatGPT不僅會回答你「國際翻譯日」（International Translation Day）是哪一天，還會依你要求，數秒間幫你譯好《聖經》的開頭段落。

　　以上概述可能已足以令許多人思索：「何必學翻譯呢？」一句話包含各種心情，可能是讚嘆、可能是哀號、可能是無奈、可能是如何生存下去。AI不免讓人類譯者擔心自己會不會被取代。除了可以自由選擇主動退出的人，職場上多數人依然得適應數位轉型浪潮。與其因「科技恐懼」（technophobia）衍生出焦慮的迴避行為（avoidance behaviour），或許試著體驗數位工具或人工智慧發展為口譯工作帶來的輔助與便利。

人機協作的時代

　　AI是不可逆的潮流，人與機器相互協作是譯界持續發生的趨勢。然而AI的出現並不代表我們停止學習語言，更不必然是放棄翻譯技能，反而是在告訴我們要善用科技，藉由與科技合作，提升翻譯品質。如唐尼（Jonathan Downie，英法雙向會議及商務口譯員）所說，我們應該讓科技為我們工作，找出科技可以導入實踐的方法，提供更優質的口譯服務，讓機器幫忙口譯員分擔一些繁重任務（heavy lifting），口譯員

才能充分利用大腦。[2]以倚靠強記的數字與術語來舉例，如果AI像個搭檔（boothmate），在人類口譯員遭遇困難時給予提示，他們便更能專心地處理話語訊息，提供更加精確且迅速的口譯服務。近年的語言或口筆譯學術會議場合，亦不乏教師分享如何將機器翻譯納入口譯訓練，引導學生學習與線上翻譯軟體合作，提升翻譯效率。[3]

電腦輔助口譯（CAI）工具一直朝著方便使用（user-friendly）的方向發展，例如：近年引起歐美口譯員注意的「口譯銀行」（Interpret-Bank），可以直接下載到桌面開啓，並從匯入的文件中整理並翻譯重要詞彙與術語，大幅降低口譯員事前閱讀及檢索術詞彙的時間。「口譯銀行」的自動語音辨識（automatic speech recognition, ASR）功能會在畫面下方即時轉錄講者談話全文（transcription），還會特地擷取數字、日期、地名、縮寫與專有名詞，分成術語（terminology）和數字／時間（digits and time），於左右兩欄獨立顯示。萬一遇上語速飛快又讀稿的講者，這三項功能便派上用場，至少讓口譯員以同步「視」譯的方式繼續執行任務。若口譯員知道如何與AI搭檔（AI boothmates）合作，讓它們協助工作流程，特別是在涉及高度專業（highly specialised）的題材上，相信可以幫忙減輕記憶負擔。

---

[2] Jonathan Downie, *Interpreters vs Machines: Can Interpreters Survive in an AI-Dominated World?* (Oxon: Routledge, 2020), pp. 145-146.

[3] 例如：Nancy Tsai, 'Machine Translation and the Repositioning of "Sight Translation" in the Curriculum（機器翻譯與視譯課之重新定位）', unpublished paper delivered at 'The 27th International Symposium on Translation and Interpreting Teaching,' (NUCE, 6 May, 2023); Chia-hui Liao, 'Bridge over Trouble Water – Using Instant Translation Devices in Interpreting Learning'（惡水上的大橋：將即時翻譯工具納入口譯學習）, unpublished paper delivered at '2018 International Conference on Applied Linguistics & Language Teaching', (NTUST, 20-21 April, 2018)。

　　不過，再好的工具也要遇上懂得使用的人，才能充分發揮效能。英文有句話說：「A tool is only as good as the person using it.」（工具的好壞取決於使用的人）。好的工具當然會提升工作品質，但好的工具只會讓功底紮實的譯者更優秀，不可能讓功力不足的人成為合格的口譯員。如唐尼所言，工具能為譯者做的，是加強譯者原先就具備的能力。[④]換句話說，工具可以讓好譯者更具優勢，但無法為缺乏應有條件的口譯員加乘。

　　而且，「工具」指的不只是各種電腦輔助口筆譯（CAI/CAT）軟體，或是一直在推陳出新的數位工具。譯者最重要的「工具」是語言知識、翻譯技巧、靈活的應變能力，以及人際溝通能力等。在全球擁有兩億讀者的美國作家丹・布朗，曾在書裡寫下這句話：「Knowledge is a tool, and like all tools, its impact is in the hands of the user.[⑤]」意思是，知識如果是一種工具，其影響力不是來自工具的功能是否強大，而是取決於使用者有沒有好好發揮它。譯者若沒有踏實地累積自身實力，再好的科技工具送至眼前，恐怕也遭受嫌棄「好難用」。譯者的基本功訓練若紮實，即使少了AI的協力，一樣可以在口譯廂裡成功完成任務。畢竟，「人工」智慧產品的罩門是電，缺少電力，便只能拜託口譯「工人」出人力了。

　　無可否認，AI應用雖然看似前景大好，但目前的翻譯品質仍有待改進，語音辨識系統也因說話人的發音、口音、腔調、語調，以及專有名詞等問題，而產出不精確的逐字稿。正因如此，翻譯仍得仰賴人類譯者的知識與經驗，接手後續編譯。即便有了字彙管理系統的幫忙，口譯員仍得親自判斷有無誤譯或不妥之處；口譯當中，更得依照當時的情境

[④] Jonathan Downie, *Interpreters vs Machines: Can Interpreters Survive in an AI-Dominated World?* (Oxon: Routledge, 2020), p. 147.

[⑤] Dan Brown, *The Lost Symbol* (New York: Anchor Books, 2010).

需求，斟酌調整。許多時候，電腦輔助口譯工具提供的是譯者已知的資訊，但需要人為驗證，以求保險。舉汽車駕駛為例，雖然輔助駕駛系統已開發，但目前也只到「部分」或「半」自動駕駛階段，車輛並無法完全自動判斷路況，若駕駛人完全放手，交通事故的發生必然增加。

換言之，真正操控車子的是駕駛人，輔助系統旨在協助，減少開車疲勞，提高駕駛安全。同樣地，AI口譯軟體幫忙降低譯者的記憶負荷，協助提高譯文的準確，最終目的是增進口譯品質。而為了操作半自動車輛與未臻完美的口譯輔助工具，駕駛人與口譯員還是得先投入時間與心力學習，因為車輛還不會主動巡航定速，語音辨識系統也有辨識失敗的時刻。

「工人」智慧—One Exception: Interpreters

英國科幻小說《銀河便車指南》（*The Hitchhiker's Guide to the Galaxy*）裡有條神奇的翻譯小黃魚，只要放入耳道中，人類便可聽懂不同的語言。英國廣播公司（BBC）科幻電視劇《超時空奇俠》（*Doctor Who*）更驚奇，主角時空領主（Time Lord）擁有一座偽裝成警察亭（police box）的時空旅行機器（TARDIS），裡面搭載「翻譯電路」（translation circuit），主角一個字都不用學，就可以透過心電感應與不同種類的生物溝通，包含沒有語言的生物。這個「心靈感應翻譯電路」甚至還有辦法讓其他外星生物開口說英語，方便主角的同伴理解。聽起來不知是驚喜或驚恐，因為機器具有主宰（master）生物的能耐了。

但無論如何，至今人類口譯員的價值仍深受認可。2022年9月19日，近五百名外國元首領袖及政要高官齊聚倫敦，參加英國女王伊莉莎白二世（Queen Elizabeth II, 1926-2022）的國葬。這些重要外賓提出各種特別要求（special requests），像是帶上醫生、私人助理或是提供可

以休息的房間，然而十個請求中，有九個皆遭到婉拒，只有口譯員是例外（one exception: interpreters）——少數貴賓因不諳英語，需要口譯員隨行在側（A handful of others asked for an interpreter because they speak no English）。⑥英方的同意不也代表口譯員的無可取代？畢竟，英方並未以「請使用線上翻譯軟體」為由，拒絕少數人的請求。

　　AI並非無所不能，無論如何強大，起始也需要人類提供演算邏輯。人類譯者確實擁有機器無能為力的優勢。一個語言及其負載的個人和文化細緻幽微處（nuances）、發言者或作品隱藏其中的情感訊息（emotions），還有那些意在言外，要細細體會及旁敲側擊才能得知的用意（overtones），依然唯有人類譯者能夠在另一個文化中再現。如同泰勒—布拉登（Valerie Taylor-Bouladon，聯合國英法西三語同步口譯員）表示，語言所表露的除了文化、社會背景和人類的傳統和歷史，還有發言者本人的情緒、當下的念頭、社會階層、職業及個人特質等，最重要的是講者的談話意圖，而這種種多重特徵，只有專業口譯員的人腦（the human brain of the professional interpreter）才能掌握，進而轉化成另一個語言及其適當的文化語境。⑦

　　當越來越多的人懂英文、越來越多的人知道如何使用線上語音辨識系統、越來越多的人習慣藉由線上翻譯軟體理解外文資訊，中英語言組合的口譯活動可能也會出現新的思考，也必然面對挑戰。誠然專業領域口譯非一般線上翻譯可以輕易達到，的確，目前尚且不能，但未來有無限的可能。至於譯者到底會被數位科技「滅絕」（extermination），還

---

⑥ Kevin Sullivan and Mary Jordan, 'Forget the Private Jet and Limo. Leaders Relegated to Buses for Queen's Funeral.', *The Washington Post*, 17 September, 2022. Web.

⑦ Valerie Taylor-Bouladon, *Conference Interpreting: Principles and Practice* (Hindmarsh SA: Crawford House, 2001), pp. 26-27.

是因數位科技獲得「重生」（regeneration），不斷地延續生命，也許終有一天，時間會告訴我們結局。

國家圖書館出版品預行編目資料

簡議口譯／廖佳慧著. －－ 初版. －－
臺北市：五南圖書出版股份有限公司，
2023.10
面；　公分
ISBN 978-626-366-673-3（平裝）

1.CST：口譯

811.7　　　　　　　　　112016517

1XOU

簡議口譯

作　　　者 ― 廖佳慧（333.12）

發 行 人 ― 楊榮川

總 經 理 ― 楊士清

總 編 輯 ― 楊秀麗

副總編輯 ― 黃文瓊

責任編輯 ― 吳雨潔

封面設計 ― 姚孝慈

出 版 者 ― 五南圖書出版股份有限公司

地　　　址：106臺北市大安區和平東路二段339號4樓

電　　　話：(02)2705-5066　　傳　　真：(02)2706-6100

網　　　址：https://www.wunan.com.tw

電子郵件：wunan@wunan.com.tw

劃撥帳號：01068953

戶　　　名：五南圖書出版股份有限公司

法律顧問　林勝安律師

出版日期　2023年10月初版一刷

定　　　價　新臺幣320元

經典永恆・名著常在

五十週年的獻禮 —— 經典名著文庫

五南，五十年了，半個世紀，人生旅程的一大半，走過來了。

思索著，邁向百年的未來歷程，能為知識界、文化學術界作些什麼？

在速食文化的生態下，有什麼值得讓人雋永品味的？

歷代經典・當今名著，經過時間的洗禮，千錘百鍊，流傳至今，光芒耀人；

不僅使我們能領悟前人的智慧，同時也增深加廣我們思考的深度與視野。

我們決心投入巨資，有計畫的系統梳選，成立「經典名著文庫」，

希望收入古今中外思想性的、充滿睿智與獨見的經典、名著。

這是一項理想性的、永續性的巨大出版工程。

不在意讀者的眾寡，只考慮它的學術價值，力求完整展現先哲思想的軌跡；

為知識界開啟一片智慧之窗，營造一座百花綻放的世界文明公園，

任君遨遊、取菁吸蜜、嘉惠學子！